감 동 실 화

리바운드

— REBOUND —

대본집

리바운드 대본집

권성휘·김은희·장항준

초판 1쇄 발행일 2023년 4월 28일 **초판 2쇄 발행일** 2023년 5월 1일

펴낸이 이숙진 **펴낸곳** (주)크레용하우스 **출판등록** 제1998-000024호

주소 서울 광진구 천호대로 709-9 **전화** (02)3436-1711 **팩스** (02)3436-1410

인스타그램 @bizn_books **이메일** crayon@crayonhouse.co.kr

▪ 빛은책들은 재미와 가치가 공존하는 ㈜크레용하우스의 도서 브랜드입니다.

▪ KC마크는 이 제품이 공통안전기준에 적합하였음을 의미합니다.

ISBN 978-89-5547-997-3 04810

감 동 실 화

리바운드
— R E B O U N D —

대본집

권성휘·긴은회·장항준

빚은
책들

차 례

크리에이터 인터뷰

권성휘
김은희
장항준

권성휘

Q: 그간 집필하셨던 작품과 이번 <리바운드>는 결이 약간 다릅니다. 왜 이 작품에 참여하게 되었고, 어떤 점에 마음이 끌리셨나요?

작품을 처음 제안받은 것은 2012년경이었습니다. 당시에 〈코리아〉라는 작품을 집필한 경험이 있어 이러한 장르에 대한 관심도가 높았습니다. 〈코리아〉 역시 실화지만 주제 의식이 다소 정치적이고 역사적인 맥락이 컸습니다. 〈리바운드〉는 상대적으로 반대 위치에 있는 작품이라 생각했습니다. 알려지지 않은 인물의 사적인 이야기라는 측면이 그러했습니다. 제안을 받은 이후 실제 주인공인 강양현 코치와 몇차례 인터뷰하며 이야기에 확신을 가졌습니다. 말 그대로 '일어날 수 있는 기적'이라는 측면에서 큰 감동을 느꼈습니다. 영화가 만들어진다면 관객만이 아니라 제 스스로에게도 위로와 희망을 건넬 수 있겠다고 믿었습니다.

Q: <공작>이나 <수리남>을 보면, 대화를 주고받으면서 긴장감을 높이는 장면이 참 많습니다. 마치 대화로 하는 액션 같다고나 할까요? 이런 맛깔나는 대사를 만드는 노하우가 있나요?

무엇보다 주요 캐릭터의 특성을 구체적으로 잡은 뒤 그에 맞는 말투, 억양, 어법을 구상합니다. 이후 씬 트리트먼트 단계에서 각 인물별 대사의 초안을 잡으며 머릿속에서 연기를 시켜봅니다. 이를 바탕으로 시나리오-대본을 작성하는데 주요한 대사는 직접 발성하고 말해봅니다. 조금 어색하거나 리듬감이 떨어지면 좋아질 때까지 수정합니다.

가끔 대사 비트가 유독 중요한 씬 - 예를 들어 〈공작〉에서 흑금성과 리명운이 냉면집에서 첫 대면하는 장면은 일종의 '액션씬'이라 상상하고 시작합니다. 각 캐릭터의 공격과 방어 지점을 중간중간 계산하며 '중심 대사'를 배치합니다. 그런 다음 머릿속에서 몇 차례 시뮬레이션한 뒤 가능하면 한 호흡에 써내려갑니다.

대사에 대한 지론이 '사람들이 현실에서 쓸 것 같은 대사를 개성 있게 표현한다'입니다. 그러다 보니 평소 실제 대화 상황에서도 제가 한 말이나 상대방의 말을 머릿속에서 곱씹어보며 단어를 바꾸거나 리듬을 변형하는 경우가 많습니다. 이러면 대화가 중단돼 인간관계엔 방해되지만 대사 작성에는 큰 도움이 됩니다.

Q: <리바운드> 등장인물 중 작가의 페르소나 같은 캐릭터는 누구인가요?

아무래도 인터뷰를 가장 많이 한 강양현 코치에게 감정이입을 많이 합니다. 뜻하지 않은 외부 영향으로 인생이 굴곡진 부분에서 개인적 유사성을 느낍니다. 저에겐 강 코치만큼 강한 의지와 도전 정신이 없어 닮고 싶다는 마음도 있습니다. 인터뷰 과정에서 술잔을 나누며 쌓은 인간적 유대감 또한 캐릭터에 대한 애정도를 높입니다.

'규혁' 또한 시나리오 집필 시 마음이 간 인물입니다. 어떻게 보자면 등장인물 중 '가장 큰, 원하지 않은 불행'을 안고 시작합니다. 절망적인 것은 그 불행을 원천적으로 해결할 방법이 없다는 것입니다. 그럼에도 자신의 꿈을 향해 최선을 다하는 열정이 마음을 움직입니다.

Q: 작업 스타일을 알려주세요.

초반 구성을 시작하며 짧은 시놉시스를 씁니다. 영화로 치자면 A4 4장, 드라마로는 부당 A4 반 장에서 1장 정도를 완성합니다. 이후 프로젝트 파트너(예를 들어 감독, 프로듀서)들과 함께 계속 의견을 교환하며 시놉시스 분량을 늘려갑니다. 보통 이런 과정을 두세 차례 거치는데 최종적으로는 영화 20장 내외, 드라마 부당 3~4장 정도의 시놉시스를 손에 쥡니다. 이후 전적으로 저 혼자만 볼 씬 트리트먼트를 만듭니다. 대사는 초안 정도만 잡아두고 주로 씬 하나하나의 완성도를 높이는 데 주력합니다. 여기서 인물들의 동선은 물론이고 씬 연결, 전체 호흡까지 그려집니다. 드라마는 부당 20페이지 정도가 나옵니다. 이후 시나리오-대본 작업을 시작합니다.

아이디어는 주로 다른 책, 영화, 드라마, 음악 등에서 받기도 하고 실제 현실에서 영감을 얻기도 합니다. 예를 들어 제작을 준비 중인 〈척살〉이라는 영화는 아주 오래된 히치콕의 작품에서 발상을 시작하였습니다. 최근 촬영을 마친 영화 〈탈주〉는 지난 수십 년간 북한을 탈출한 사람들을 둘러싼 '풍문'에서 소재를 얻었고 감정적 하이라이트 부분은 (스포일러가 될 수 있어 밝힐 순 없지만) 몇년 전 유행한 가요에서 착안했습니다.

Q: 가장 훌륭한 시나리오의 예시로 〈토이 스토리〉와 〈동경 이야기〉을 꼽으셨는데, 〈리바운드〉는 〈토이 스토리〉에 가깝나요, 〈동경 이야기〉에 가깝나요?

명확한 목표를 가진 주인공이 적극적으로 행동하고 갈등과 싸워나가는 지점, 홀로 고군분투하는 것만이 아니라 (때로는 갈등의 원인이 되기도 하지만) 동료와 힘을 합친다는 부분, 즉 이야기와 갈등이 인물 외부를 향해 직선적으로 뻗어가는 특성이 〈토이 스토리〉에 가깝습니다.

Q: 영상 매체가 아니라 '글'로서 〈리바운드〉를 접할 '독자'에게 당부하실 말씀이나, 부탁하고 싶은 부분이 있다면 무엇인가요?

〈리바운드〉 초고를 쓴 게 정확히 10년 전입니다. 부족한 글이다 보니 우여곡절을 많이 겪었습니다. 다행이고 영광인 긴 김은희 작가께서 작업에 참여해주신 덕분에 글의 완성도가 훨씬 더 높아진 점입니다. 이를 공동 작업이라 부른다면, 이 작품은 현재 장르물을 주로 쓰는 두 작가의 결과물입니다. 최근 작업해온 이야기와 조금은 결이 다른 시나리오다 보니 어떻게 읽어주실까 염려도 됩니다. 가장 좋은 건 실제 영화를 본 뒤 시나리오는 어떤 형태인지 비교해보시면 흥미로운 경험이 될 것 같습니다. 그 순서의 역 또한 재밌는 경험이 될 것입니다.

전술했듯, 영화가 개봉하기까지 10년이 걸렸습니다. 그 당시 〈리바운드〉라는 이야기가 세상에 필요하다고 확신했습니다. 그런데 돌이켜보니 그때보다 지금, 〈리바운드〉가 더 필요한 시기 같습니다. 이 시나리오와 영화가 독자와 관객들에게 작게나마 위로와 희망을 전해주길 바랍니다.

김은희

"이번 영화에서는 긴장감보다 캐릭터들의 성장에 더 주안점을 두었어요. 그래서 관객분이 이 영화를 관람하실 때 각 인물들이 마지막에 어떻게 변화하는지에 기대감을 가지고 봐주셨으면 하는 바람이 있습니다."

Q: 최근 공포, 스릴러 장르에서 두각을 나타내셨는데, 이번에는 청춘 스포츠물을 집필 하셨습니다. <리바운드>에서는 이전과 다른 모습을 보여주시나요?

가장 큰 차이점이라면 〈리바운드〉에는 죽는 사람이 없다는 점이겠죠. 음모나 미스 터리도, 빌런도 없고요. 권성휘 작가님의 초고를 봤을 때도, 2012년 부산 중앙고에 서 일어난 감동적인 실화와 그것을 기반으로 한 기획에 대해 들었을 때도 가장 크 게 공감했던 부분이 '꿈을 좇는 청춘들의 이야기'였습니다. 그것을 그려보고자 노력 했습니다.

Q: 장항준 감독의 인터뷰를 보면, <리바운드>는 직접 고쳐보겠다고 제안하셨다고 했 는데, 어떤 부분을 고쳐서, 어떻게 만들고 싶으셨나요?

사실 시나리오를 보지 않고 기획만 들었을 때는 부정적인 생각이 컸습니다. 실화보 다 더 드라마틱하게 만들기 힘들 것이다. 스포츠 영화를 제대로 찍기 힘들 것이다. 진부하지 않을까? 걱정이 컸었는데 감독님이 반대할 거면 읽어보고 반대하라고 해 서, 시나리오를 읽기 시작했는데 어느새 제가 울고 있더라고요. 실화가 가지고 있 는 힘이 생각보다 더 크게 다가왔다고 할까요. 제 대본을 쓸 때는 좀 더 드라마틱하 게 쓰려고 노력하는 편인데 이 내본은 이미 가지고 있는 장점들, 가 캐릭터들의 감정 들을 더 진솔하게 그려보면 좋겠다는 생각이 들어서 용감하게 지원하게 됐습니다.

Q: 항상 어떻게 끝날지 몰라 가슴 졸이게 만드는 오리지널 작품을 많이 집필하셨는데, 결말이 정해진 이번 작품에서는 어떻게 긴장감을 유지하셨나요? 다른 작가 지망생 에게 그 비법도 함께 알려주신다면?

이번 영화에서는 긴장감보다 캐릭터들의 성장에 더 주안점을 두었어요. 그래서 관 객분이 이 영화를 관람하실 때 각 인물들이 마지막에 어떻게 변화하는지에 기대감 을 가지고 봐주셨으면 하는 바람이 있습니다.

다른 작가 지망생에게 말씀 드릴만한 비법은… 사실 저도 아직 찾지 못했습니다. 대본을 쓸 때마다 각 작품마다 기획 의도가 다르고, 기대 포인트가 다르기 때문에

매 작품을 쓸 때마다 죽기 살기로 정답을 찾고 있어요. 이야기를 쓰는 데 정답은 없 겠지만, 그나마 많은 사람이 재밌다고 생각할 수 있는 대본을 쓰자는 목표를 가지 고 쓰고 있습니다.

Q: 어린 시절 만화광이었다고 하는 일화가 있습니다. 이번 작품에 영향을 준 만화가 있 나요? 이번 작품이 아니라도 본인의 글쓰기에 영향을 주는 만화가 있다면 소개해주 세요.

이번 작품에 대해서라면 아무래도 '슬램덩크'가 아닐까요. 정말 재미있는 농구 만 화니까요. 제 글쓰기에 영향을 주는 특정한 만화가 있다기보다는 제가 본 모든 만화 로부터 영향을 받습니다. 만화에서 재미있는 부분을 보면 '어떻게 재밌게 만들었지', 재미가 없는 부분은 '왜 재미가 없었지' 하며 고민하던 시간들에서 영향을 받은 것 같습니다.

Q: 이번 작품에서 '역시 장항준이구나' 하고 감탄한 장면이 있었나요? 왜 그렇게 생각 하셨나요?

장항준은 사람을 매우 좋아하는 사람입니다. 단점이 있는 사람에서도 장점을 찾고 절망적인 상황에서도 희망을 찾아내는 사람이랄까요. 이번 영화는 그런 면에서 매우 장항준스러운 영화라는 생각이 들었습니다. 또한 코미디에 대한 사랑이 컸었는데 안 재홍 배우와 함께한 초반 씬들에서 그런 장점이 많이 부각되었다고 생각합니다.

Q: 영상 매체가 아니라 '글'로서 <리바운드>를 접할 '독자'들에게 당부하실 말씀이나, 부탁하고 싶은 부분이 있다면?

하나의 대본을 백 명의 스탭이 보면 백 개의 새로운 얘기가 탄생되더라고요. 각자 머릿속에서 자기화된 다른 얘기들이 만들어지는 거죠. 〈리바운드〉 대본을 읽으시 는 독자분들도 영화 〈리바운드〉와는 다른, 여러분만의 새로운 〈리바운드〉를 머릿 속에 그리면서 읽으시면 또 다른 재미를 느끼실 수 있지 않을까 싶습니다.

장항준

" 나에게는 〈리바운드〉 대본집이 앞으로 영화를 만들고 싶어 하는 창작자에게 도움이 되었으면 하는 바람이 있습니다. 다른 사람의 대본을 보면서, 나라면 이렇게 썼을 텐데, 이 장면은 이렇게 만들 텐데 하고 상상하는 것은 단순히 공부를 넘어 창작적 경험이 됩니다. 더불어 제가 이 지면을 통해 전해주는, '영화를 만들면서 했던 생각'도 맛을 더하는 양념 정도는 될 듯해, 이렇게 흔적을 남깁니다. **"**

Reason for concentration 집중의 이유

전 어렸을 때부터 끈기가 없었습니다. 뭐 좀 배운다고 그랬다가 '이제 지겨워' 그러면서 그만두고, 또 새로운 뭔가를 계속 배웠죠. 그러다 보니 오히려 새로운 걸 자꾸 하고 싶어졌고, 지금 내 피를 끓게 하는 것이 무엇인가를 중요하게 생각하기 시작했습니다. 덕분에 끓어오르는 일이 생기면 바로 뛰어들 수 있는 순발력이 생겼습니다. 기회란 뒷머리채가 없으니 그때 바로 잡아야 합니다.

〈리바운드〉가 바로 그랬죠. 선수가 단 여섯 명인 농구부, 코치도 전 농구 선수 출신인 공익근무요원. 이런 사람들이 전국 대회에서 기적 같은 결과를 만들어냅니다. 이런 부산 중앙고등학교 농구팀의 이야기와 권성휘 작가의 시나리오를 읽으니 피가 끓어올랐습니다. 어떤 장면을 넣을까? 어떤 캐릭터가 어울릴까? 이런 장소였으면 좋겠다. 이런 그림이 만들어졌으면 좋겠다. 이런 생각들이 '엔도르핀이 샘솟듯이' 솟아났습니다. 그럼에도 불구하고 투자는 쉽지 않겠다고 예상했습니다. 그동안 시도되지 않은 농구 소재 영화인데다, 대형 스타와 함께 볼거리를 제공하는 '대작'은 아니었기 때문이죠. 그러나 '해보자'라고 했습니다. 전 어렸을 때부터 하고 싶은 것만 하고 사는 스타일이었으니까요.

Evolution of Style 스타일의 진화

〈리바운드〉 이전에 개봉한 작품이 〈기억의 밤〉이었습니다. 〈기억의 밤〉은 〈리바운드〉의 반대편에 서 있는 영화죠. 서로 얽혀 있는 플롯, 선인이 없는 캐릭터, 분위기도 무겁게 깔리는 스릴러입니다. 〈리바운드〉는 비교적 직선적인 플롯, 악인이 없는 캐릭터, 청량한 분위기의 청춘 스포츠물이죠. 그래서 누군가는 스타일의 변화를 주려고 영화를 고른 것이 아닌가 하는 의문을 갖던데, 이 또한 제 피가 끓은 증명입니다. 〈기억의 밤〉 때는 〈기억의 밤〉에 피가 끓었고, 〈리바운드〉 때는 〈리바운드〉에 피가 끓은 것뿐입니다. 스타일을 바꿀 필요가 있어서 그랬다거나, 유행을 좇아가려고 그랬다는 말은 모두 틀렸습니다. 유행은 좇아가는 게 아니라 만드는 거라고 늘 말합니다. 그런 게 창작자에게 는 매우 중요하죠.

Bounce of life 다시 뒤어 오르는 삶

이런 제 생각이 반영된 장면이 〈리바운드〉에 나옵니다. 원래 없었던 장면이고 수정도 많이 된 장면입니다. 마지막 용산고등학교와의 결승 전 하프타임 때 강 코치가 지친 선수들에게 이야기합니다.
"느그들이 앞으로 농구를 하면서 먹고살든, 다른 일을 하든 겁먹지 말고 달려들어서 다시 잡아내라."
그러고 나서 강 코치는 이렇게 마무리 짓습니다.
"농구는 끝나도 인생은 계속된다."
저는 그걸 가장 중요하게 생각합니다. 지금 하고자 하는 어떤 일이 좌절됐다고 해서 인생이 끝나지 않습니다. 이건 과정일 뿐이고 이 상황을 대하는 태도와 마인드가 우리의 행복을 결정짓습니다. 이 대사가 저한테는 매우 중요했는데, 안재홍 배우가 그걸 훌륭하게 소화해줘서 매우 만족스러운 장면이 됐습니다.

Option of Reality 현실의 선택

〈리바운드〉는 실화가 주는 메시지가 워낙 강력했습니다. 실화 안에 내가 하고자 하는 이야기가 있었죠. 그동안 한국 스포츠 영화가 실화를 모델로 삼은 적은 있지만, 실화 자체를 그대로 재현한 적은 없어서 최대한 잘 재현하는 게 이 영화의 색깔이 될 것이라고도 보았습니다.

그래서 캐스팅할 때 배우의 키를 매우 중요하게 봤습니다. 실제 인물과 극 중 캐릭터 신장이 흡사해야 했기 때문이죠. 그리고 싱크로율을 맞추고자 어떤 배우는 심하게 살을 뺐고, 반대로 어떤 배우는 살을 심하게 불려야 했습니다. 일부 서사를 부여하기는 했지만 각 캐릭터에 실제 선수의 성격을 상당 부분 반영했습니다. 다행히 실제 선수들의 성격이 다채로워서 영화적으로 큰 도움이 됐습니다. 특히 선수들 부모의 직업과 경제적 형편은 일치시켰습니다. 영화에서 뚜렷하게 드러나지 않더라도 각 인물들의 선택을 이해하는 데 큰 도움이 될 것이라고 여겼죠. 오히려 부산 중앙고등학교에 입학했다가 용산고등학교로 가는, 각광받던 센터 한준영이라는 인물은 너무 극적이라 걱정했을 정도입니다. 영화의 긴장감을 높이려고 꾸며낸 설정이나 인물이라고 생각할 것 같았습니다. 하지만 그 선수도 지금까지 활약하고 있는 실제 인물입니다.

물론 영화에 맞게 서사를 축약한 측면은 있습니다. 실제로는 강 코치가 부임하고 몇 년 동안 일어난 일을 〈리바운드〉에서는 2년 정도에 벌어진 일로 가정했습니다.

Ultimate sense of realism 최고의 현장감

그렇게 싱크로를 맞추다 보니 이 영화에서 가장 칭찬을 받는 농구 경기의 현장감이 따라왔습니다. 물론 당시 경기를 참고해서 전문가의 도움을 받아 합을 맞춰 연출한 장면이지만, 때로는 실제처럼 집중해서 경기하는 배우들을 지켜보기만 했습니다. 워낙 농구 연습을 많이 했다 보니 실제 농구 경기와 같은 장면과 현장감이 연출됐습니다. 다만 어떤 장면을 슬로우 화면으로 쓸지 모르니 고속 프레임으로 촬영하라고 해두는 보험은 들었죠.

또 캐릭터가 살아나면서 새로운 대사와 장면들이 추가되기도 했습니다. 대표적으로 옥상에서 순규와 강호가 앞으로도 농구를 하며 살 수 있을까를 고민하는 장면이 그랬습니다. 이 정도 캐릭터라면 이 시기에 이런 고민을 할 것 같았죠.

Nurturing dream 꿈을 키우기

내 피를 끓게 하는 소재와 스토리가 있다 하더라도 그것이 영화라는 최종 단계로 실현되기까지 수많은 관문을 통과해야 합니다. 〈리바운드〉도 첫 기획에서 개봉까지 10년이라는 시간이 필요했습니다. 중간에 투자가 엎어지기도 했죠. 이런 상황에서 좌절하지 않을 수 있었던 이유는 이 영화를 보고 싶어 하는 관객이 있다는 믿음 때문이었습니다. '나라면 이 영화가 보고 싶을 것인가?' 만드는 사람 입장이 아니라 보는 사람의 입장에서 기다려진다면, 계속 나아가야 합니다. 이전에 드라마 〈싸인〉을 제작할 때, 이 드라마를 만들어야 한다고 제작자를 설득하는 데까지 20분밖에 안 걸렸습니다. 제가 말을 잘해서가 아니라, 관객의 입장에서 이야기했기 때문입니다. 어떤 기술을 사용해서, 어떤 주제와 소재를 보여줄 것이라는 건 만드는 사람의 입장입니다. 그보다는 관객이 이 영화나 드라마를 보며 어떤 경험을 할 것인지를 설명해줘야 합니다. 스티브 잡스도 프레젠테이션에서 기술을 말하지 않죠. 사용자가 어떤 경험을 할지를 말합니다. 나노 기술이니 이런 단어는 절대 사용하지 않습니다. 심플하게 수요자 입장에서 말하는 거죠. 결국 창작자가 수요자의 입장에서 생각하고 말해야 꿈을 실현할 수 있습니다.

Destiny of creator 창작자의 운명

마지막으로 하고 싶은 말은 책 읽기와 글쓰기를 멀리하지 말라는 것입니다. 영화를 만들고 싶어서 영화만 보고, 유튜브를 만들고 싶다고 유튜브만 보는 사람이 많습니다. 물론 그렇게 기술은 터득할 수 있습니다. 하지만 일을 지속하는 장기적 토대를 마련할 수 없습니다. 인문적 교양, 즉 내공이 부족해지는 거죠. 전 고등학교 시절, 당연히 공부만 해야 한다고 다들 생각하는 그 시절에 책을 읽고 소설을 썼습니다. 굉장히 다양한 분야의 책들을 읽었고 그중에는 나이에 맞지 않은 것들도 있었습니다. 그리고 소설을 쓰며 내 글을 남들이 읽어줄 때의 희열을 느꼈습니다. 독자라고 해봐야 내 친구들이었지만, 그 창작의 희열을 느낀 덕분에 지금까지 이 작업을 할 수 있었습니다.

독자들도 이 대본집을 읽고, 상상해서, 실현할 수 있기를 바랍니다.

부산 중앙고로 발령된 부산 중앙고 출신 공익근무요원.
전국 대회 MVP까지 했던 이력으로 농구부 코치를 맡는다.
학교 명목상 구색만 맞추려고 꾸린 농구팀에 사비까지
털어 직접 스카웃한 선수들을 훈련시키지만 경력도 없고
나이도 어린 탓에 어려움을 겪는다. 그러나 아이들을
이끌며 점점 지도자로서 자신도 발전해나간다.

"공은 튕겨 나온다.
그걸 다시 잡으면
된다 아이가"

강코치
안재홍

중학생 시절 전국 대회 MVP. 서울에 있는 학교들이
많이 탐을 냈었다. 그러나 2학년 이후부터 키가 크지 않아
슬럼프에 빠져버리고 만다. 강 코치의 제안을 받고
중앙고 농구부 주장으로 합류한다. 어린 시절부터 라이벌이자
앙숙이었던 규혁과는 사사건건 부딪히며 날을 세운다.
그리고 점점 '팀'이 되어간다.

기범

이신영

"인제부터 저
혼자 안 할랍니다.
같이할 겁니다. 애들하고"

슈팅
90
67.5
45
22.5
0

웃음   리딩

농구 센스가 탁월하다. 고질적인 발목 부상 때문에
농구를 그만두었다고는 하지만 여전히 길거리농구를
할 정도로 농구를 사랑한다. 강 코치의 제안으로 농구를
다시 시작한다. 어릴 적부터 라이벌이자 앙숙이었던
기범이 자신의 부상을 언급하며 심기를 불편하게 하는 탓에
매번 으르렁거린다.

"내 발목 벌써 늦었다.
마지막으로 한 번
제대로 써보자"

규혁

정진운

슈팅
90
67.5
45
22.5
0

스피드   내구력

키도 크고 덩치도 있어 좋은 신체 조건이지만
농구를 해본 적이 없다. 축구 동아리 활동을 하다가
강 코치 눈에 띄어 농구부로 들어오게 된다.
묵묵히 자신의 역할을 충실히 하는 우직한 선수이자
없어서는 안 되는 기둥이다.

포지션: 센터

"그래… 그래도 일단은
내일은 농구할 수 있으니까.
내일 이기면 모레까지는
할 수 있는 기고…"

김 택

스킬

기복

피지컬

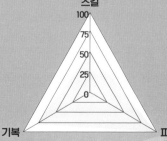

순규의 단짝답게 각종 운동부를 섭렵하는데,
이유도 단순히 대학을 가기 위함이다. 순규와 함께
농구부에 합류한다. 뛰어난 체력을 가지고
있기는 하지만 정식으로 농구를 해본 적은 없다.
순규와 함께 팀의 궂은일을 도맡는다.

"걱정 말고 던지라.
내가 다 리바운드해줄게"

강호
정건주

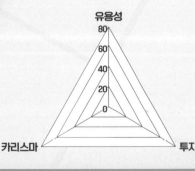

유용성
80
60
40
20
0

카리스마   투지

중앙고 농구부 신입생이자 식스맨.
초등학교 4학년 때부터 농구팀에 있었지만,
경기에 나간 적이 한 번도 없다.
하지만 누구보다 농구를 사랑하고 열심히 하는 노력파다.
그리고 비장의 무기다.

포지션: 가드

"진짜 농구 너무 좋아합니다.
농구팀에 꼭 들어가게 해주이소"

재윤

김민

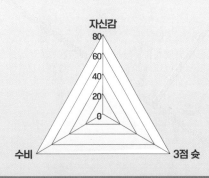

자신감
80
60
40
20
0

수비

3점 슛

집이 가까워 중앙고로 진학해야 하는 진욱은
중학생 때부터 꿈이었던 농구 선수를 중앙고에서 이루려 한다.
자칭 제2의 마이클 조던. 폼이 깨끗하고 동작도 정확해
그동안 비어 있던 슈팅 가드 자리를 꿰차며
중앙고 주전 선수가 된다.

포지션: 슈팅 가드

"장차 중앙고의 미래를
책임질 제2의 마이클 조던,
정진욱입니다"

진욱

안지호

자신감
100
75
50
25
0

무게감   경기력

리바운드 오리지널 대본

※ 일러두기

이 책에 수록된 각본은 실제 영화 촬영에 사용된 최종고이며, 일부 한글 맞춤법에 어긋나는 표기도 시나리오의
원본에 따라 그대로 살렸습니다. 또한 완성되어 공개된 영화와는 일부 내용과 편집 순서 등이 상이할 수 있습니다.

◆씬 번호, 장소와 함께 표기한 알파벳의 의미는 다음과 같습니다.

D: 낮(Day), N: 밤(Night), E: 저녁(Evening)

◆이 책에 나오는 주요 시나리오 용어는 다음과 같습니다.

• INSERT(인서트): 씬 중간에 상황을 강조하기 위해 삽입하는 화면.

• CUT TO(컷투): 컷에서 다른 컷으로 넘어가는 것.

• PAN(팬): 카메라 위치를 바꾸지 않고 좌우 수평으로 움직이는 것.

• FADEIN(페이드인): 화면이 점차 밝아지며 장면이 바뀌는 것.

• FADEOUT(페이드아웃): 화면이 점차 어두워지며 장면이 바뀌는 것.

• MONTAGE(몽타주): 따로따로 촬영한 화면을 붙여서 하나의 새로운 장면이나 내용으로 만드는 일.

• JUMP CUT(점프컷): 급격한 장면 전환.

• DISSOLVED(디졸브): 한 화면이 사라지면서 점차 다른 화면이 나타나는 것.

• STILL(스틸): 움직이는 화면을 정지시켜 멈춘 화면.

◆이 책에 나오는 주요 농구 용어는 다음과 같습니다.

• 박스 아웃(box out): 리바운드가 어렵도록 미리 유리한 포지션을 잡는 것.

• 스크린(screen): 상대편을 가로막는 기술.

• 올코트 프레싱(allcourt pressing): 한 선수가 상대 편 특정 선수를 맡아 수비하는 대인방어의 하나로,
코트 전체에서 수비하는 것.

• 백코트(backcourt): 중앙선에서 우리 편 골대가 있는 쪽의 코트.

• 더블 클러치(double clutch): 공중에 몸이 뜬 상태에서 한 번 슛하는 동작.

• 엘리웁(alley oop): 골대 근처에서 점프한 선수가 공중에서 패스를 받아 바닥에 떨어지기 전에 슛을 쏘는 동작.

암전 상태에서 떠오르는 자막.

자막 이 영화는 실화를 바탕으로 재구성된 이야기입니다.

자막 사라지고 화면 서서히 밝아지면

1. D. 선수 대기실

아무도 없는 불 꺼진 텅 빈 라커룸.
구석구석을 비추던 카메라, 출입문 쪽을 향해 천천히 움직이기 시작한다.
그리고 조금씩 들려오는 문밖의 소음들. 환한 불투명 유리창 너머의 함성
소리와 박수 소리 그리고 격렬한 몸의 움직임이 느껴지는 소리들이 점점
가까워지다가…

자막 2012년 5월 12일 오후 4시 43분

자막이 떴다가 사라진다.
뒤이어 벌컥 문이 열리고 쏟아져 들어오는 빛.
그리고 환한 빛 속에 서 있던 그림자들이 안으로 들어온다.
땀에 흠뻑 젖은 선수들이 고통을 참으며 각자의 자리에 가서 쓰러지듯 눕
기 시작한다.

INSERT 복도를 걸어가는 어떤 남자의 모습이 보이고

거친 숨소리와 땀 냄새만이 가득한 실내. 선수들의 입에서 새어 나오는 신음 소리와 절망적인 표정이 좋지 않은 경기 결과를 말해준다.
복도에서 라커룸으로 들어오는 남자. 앳된 얼굴의 코치, 양현이다.
잠시 안타까운 얼굴로 선수들을 보던 양현.

양현   16점 뒤졌다… 다들 서 있기도 힘들제?

대답할 기운조차 없는 선수들. 그저 지친 눈으로 양현을 볼 뿐이다.

양현   우리는 진다….

그 말에 힘없는 눈으로 양현을 바라보는 선수들의 얼굴에서 화면 서서히 암전되며…

자막 2년 전

2. D. 부산 중앙고, 창고

금이 간 작은 창문 너머로 들어오는 햇빛 속을 부유하는 먼지들. 어둠 속에 아무렇게나 쌓인 채 방치된 짐짝들의 실루엣이 보이는데….

문밖에서 들려오는 자물쇠 푸는 소리. 뒤이어 '끼이익' 소리와 함께 문이 열리며 안으로 들어서는 누군가.

먼지 때문에 잔기침하는 심드렁한 표정의 공익근무요원.

커튼을 제치는 공익근무요원. 햇살이 실내로 쏟아진다.

떠다니는 먼지 속에서 창고 안을 정리하기 시작하는 공익근무요원.

한쪽에 방치되어 쌓여 있는 박스들과 꾸러미들을 뜯고 풀어내며 먼지를 걷어내고 철제 선반에 차곡차곡 쌓아놓는다.

그중 하나의 박스를 선반 위에 올려놓고 빠지는 공익근무요원.

열린 박스 안에 보이는 녹슨 우승컵.

그 위로 들려오는 교감의 목소리.

교감(소리)   농구 코치가 또 그만뒀다고요?

3. D. 부산 중앙고, 교장실

상석에는 완고한 느낌의 교장이 앉아 있고, 테이블 양옆에는 교감을 비롯한 선생들과 이 선생(40대 후반의 학교 체육부장)이 앉아 있다.

교감   (기가 막힌) 구하면 도망가삐고 구하면 도망가삐고 이기 몇 명
        짼니까.
선생1   코치뿐입니꺼. 농구 좀 한다카는 학생도 씨가 말랐습니더. 쪼
        매만 쓸만하다카믄 서울 팀에서 굴비 엮듯이 줄줄이 델꼬 가

31

뿌이 남아나겠습니꺼?

선생2   (한숨) 농구팀이 마지막으로 이긴 기 언젠지 인젠 기억도 안 납니더. 대회만 나갔다카믄 예선 통과는 고사하고 한 번을 몬 이기는데 창피해갖고 얼굴을 들고 다닐 수가 없습니더.

다들 답답한 얼굴로 앉아 있는데, 교감이 교장에게

교감   우찌하는 게 좋을까예. 다른 지역에서라도 코치를 함 더 알아 볼까예?

교장   …그럴 필요 없습니다.

일동, 교장을 본다.

교장   이참에… 농구팀을 없애버리는 기 어떻습니까.

다들 놀라 교장을 본다.

교감   교장 선생님. 암만 그캐도….

교장   좀 전에 말씀 안 하셨습니까. 가망도 희망도 없다 아입니까. 학교 명예를 위해서도 농구팀은 해체시키는 기 맞습니다.

4. D. 부산 중앙고, 창고

창고 안을 여전히 정리 중인 공익근무요원. 박스에 담긴 낡은 트로피들을 선반에 올려놓다가 멈칫한다.

카메라가 박스 안을 비추면… 먼지 쌓인 사진 액자다.

공익근무요원이 액자를 천천히 들어 올려 유리에 묻은 먼지를 손으로 닦아내면, 과거(2000년 추계 전국 고교 농구 대회) 우승 당시 코트에서 찍은 앳된 중앙고 선수들의 사진이 드러난다. 우승의 기쁨으로 상기된 얼굴들 사이로 고등학생이었던 양현의 모습이 보인다.

사진을 가만히 보는 공익근무요원. 얼굴이 드러나면… 현재의 양현(25세)이다.

5. D. 부산 중앙고, 교장실

다들, 교장의 눈치를 보고 있는데 한쪽에 앉아 있던 과묵해 보이는 이 선생.

이 선생   동문들이 가만있겠습니꺼? 농구팀 없앤다카믄 후원회 유 회
              장님부터 동문들이 당장 들고일어날 낍니더.

교장의 차가운 시선이 이 선생에게 꽂히는데…
교감은 그런 교장의 눈치를 보다가

교감	맞습니다. 그래도 전통과 역사를 자랑하는 농구팀인데 이래무 자르듯이 잘라버린다카믄 반발이 크지 않겠습니까.
교장	그래서요? 대안이 있습니꺼?
선생1	저… 이건 어떨까예. 없애지는 말고 그냥 농구팀 비스끄무리하게 구색만 맞춰놓는 깁니다. 대회도 내보내지 말고 그냥 유지만 하는 거지예.

교감을 비롯한 사람들, 혹해서 선생1을 바라보는데…

이 선생	코치는예?

사람들, 이 선생을 본다.

이 선생	구색만 맞추고 돈 안 드는 코치를 어데서 구합니꺼?

6. D. 부산 중앙고, 교장실

가만히 화면을 바라보고 있는 양현에서 화면에서 빠지면
맞은편, 양현을 바라보고 있는 교장과 이 선생을 비롯한 선생들.

이 선생	(어이없다는 듯) 이 친구를 시키자꼬요? 25살짜리 공익근무요원을요?

양현을 추천한 듯 옆에 서 있던 교감. 좀 찔린 듯하다.

교감   체육부장님, 고정관념이 좀 있으시네. 와요? 공익은 코치하
         면 안 됩니까?
이 선생   안 됩니더. 나이도 어리고 경험도 없지 않습니까.
교감   이 친구가 나이는 좀 어려삐도 전국 대회 MVP 출신입니다.
         거다가 우리 학교 출신이니까 그림도 안 좋습니까? 대강 구
         색만 맞추는 거지요. 어떻습니꺼? 교장 선생님?

꿔다 놓은 보릿자루 양현을 앞에 놓고 갑론을박하는 선생들.
못마땅한 얼굴로 양현을 보는 교장.
'콰과광' 천둥소리와 함께 빗소리가 들리며…

7. D. 부산 중앙고, 체육관 전경

빗물이 고인 물웅덩이를 박차고 뛰어나가는 발.
쏟아지는 빗줄기 속에서 학생들이 뛰어가고 있다.
그 뒤로 보이는 체육관.

8. D. 부산 중앙고, 체육관

똑똑 바닥으로 떨어지는 빗물을 비추던 카메라가 빠지면서 낡아빠진 중앙고 체육관. 체육관 여기저기에 빗물받이 양동이가 놓여져 있다.
한 손에 농구공을 들고 코트에 선 강 코치. 그 옆에 선 이 선생.
시선을 좇아가면 맞은편에 쪼르르 서서 눈치를 보고 있는 추리닝 차림의 네 명의 선수들.

이 선생   (못마땅한) 고마 인사들 해라. 오늘부로 너그들을 맡아줄 강양
              현 코치님이시다.

머쓱하니 고개를 끄덕하며 인사하는 선수들.
이 선생, 여전히 강 코치가 맘에 들지 않는 듯 보다가 돌아서서 체육관을 나가는데… 썰렁하니 서로 눈치를 보던 선수들 중 선수1이 손을 든다.
강 코치 보면

선수1   저… 여기 있어봤자 시합도 못 나가고, 성적도 자꾸 떨어져서
            예. 농구부 그만둘려고요. 죄송합니더.

꾸벅 인사하고 가는 선수1. 그 옆에 서 있던 선수2, 어찌할까 하다가 강 코치에게 꾸벅 묵례하고는

선수2   지도 그만두겠습니더. 죄송합니더.

하고는 멀어지는 선수1에게 '야, 같이 가' 하고 도망치듯 체육관을 떠나는 선수1, 2.
강 코치, 그런 선수1, 2를 보다가 남은 두 명의 선수들을 보다가…

강 코치   너그들은 우짤래?

서로 눈치 보던 빡빡머리와 더벅머리.

빡빡머리   뭐 지는 나간다꼬 따로 할 것도 엄써서….
강 코치   니는?
더벅머리   이하… 동문입니더.

강 코치, 그런 선수들 보다가

강 코치   …그래? 그라믄 한번 해보지 뭐. 대강 구색 맞춰서….

들고 있던 농구공을 몇 번 드리블하다가 조금 떨어진 농구대를 향해 멋진 폼으로 숏을 쏘는 강 코치. 골대를 향해 날아가는 농구공… 백보드를 맞고는 다시 튀어나오는데… 순간 그 충격(?)에 '끼이익' 소리를 내며 코트 바닥으로 힘없이 쓰러지는 농구대.
벙찐 얼굴로 쓰러진 농구대를 바라보는 강 코치의 모습에서
메인 타이틀 '**리바운드**' 떴다가 사라지며 서서히 음악이 시작된다.

9. D. 몽타주
(전 씬의 음악 깔리는 가운데)

− 사다리를 타고 기울어진 농구대를 고치는 강 코치.
낑낑대며 줄로 묶고 림의 볼트를 조이고 열심이다.
잠시 후, 농구대를 고치고 사다리에서 내려오는 동시에 다시 들리는 '끼이익' 소리. 돌아보면 힘없이 돌아가 있는 백보드.

− 밀대를 밀며 체육관을 청소하는 더벅머리와 빡빡머리.
사다리에 올라가 백보드를 고정하고 있는 강 코치는 아이들을 불러 기울어진 균형을 맞춘다. 좌로 우로 같이 기울어지는 아이들의 머리통.

− 오랜 시간 방치된 코치실을 청소하는 강 코치.
오만상을 쓰며 수북이 쌓인 먼지를 털며 기침하다가 창문을 열면…
벽으로 막혀 있는 창밖. 벽에는 스프레이로 '뭘 봐? 붕신아'라고 쓰여 있다.
가만히 보다가 다시 창문을 닫는 강 코치.

10. N/D. 코치실
(아래 그림들로 음악 계속 이어지며)

어두운 체육관 구석에 불이 켜져 있는 코치실.
컴퓨터를 켜고 핸드폰 꺼내 누군가의 연락처를 찾는다.

발신통화 이름은 거의 다가 '한준영'이다. 다시 한번 준영에게 통화를 시도하는데…. '고객이 전화를 받지 않사오니…' 소리가 흘러나오고, 가만히 전화기를 보던 강 코치.
준영에게 문자를 남기기 시작한다.
'준영아. 부모님이랑은 상의해봤니? 연락 기다리고 있을게'
문자를 남기고 핸드폰을 가만히 바라보던 강 코치.

다시 힘을 내듯 기지개를 펴고 책상 위에 놓인 낡은 컴퓨터로 '부산 경남 지역 중학교 농구팀'을 검색한다.
하나둘씩 뜨는 기사들을 출력하며 선수들에 대한 정보를 모으는 강 코치.
어느새 날이 밝고 벽에는 선수들의 인적 사항과 사진이 붙은 자료가 빼곡히 붙어 있다.
선수 명단을 보며 전화를 거는 양현.

강 코치   여보세요. 혹시 이철원 선수 아버님이십니까? (사이) 예, 아버님 안녕하십니까. 저는 부산 중앙고 농구부 코치 강양현이라고 합니다. 아버님, 이번에 저희 학교에서 우리 이철… (전화가 끊어진 듯) 여보세요? 여보세요?

CUT TO 또 다른 통화를 하는 강 코치의 모습들과 명단에 그어지는 빨간색 X자가 JUMP CUT으로 교차되며 보인다.

강 코치   안녕하십니까, 저는 부산 중앙고 농구부 코치 강양현이… 여

보세요? 여보세요?

JUMP CUT 안녕하십니까, 저는 중앙고 농구부 코치… 여보세요? 여보세요?

JUMP CUT 안녕하십니까…. 여보세요? 여보세요?

(끊어진 전화를 보며) 누군지는 알고 끊어야 되는 거 아닌가?

계속 그어지는 빨간 줄이 짧게 보이다가 어느새 거의 모든 명단에 빨간 줄이 가득하다.

그때, 걸려오는 전화.

강 코치   (전화 받고는) 네, 맞습니다! 제가 문자 남긴 부산 중앙고의 강 양현입니다.

11. D. 카페, 내부

강 코치의 맞은편, 중학생 선수2와 나란히 앉은 어머니.

어머니   중앙고에 가면 바로 주전시켜줄 수 있다 이 말씀이지예?

강 코치   예.

어머니   (강 코치를 훑어보며) 그란데 나이가 마이 젊어 보이시는데 어데 있다가 중앙고로 오신 겁니꺼?

강 코치   (보다가) 중앙고가 처음입니더.

[시간 경과되면]

중학생 선수2를 데리고 카페를 나가는 어머니. 홀로 남는 강 코치.

12. D. 중학교 운동장 앞

스탠드에 앉아서 중학생 선수1과 얘기를 나누고 있는 강 코치.

중학생 선수1   부산 중앙고요?

강 코치   (보며 끄덕)

중학생 선수1   죄송한데요. 안 할랍니다. 중앙고 주전보다 휘문, 용산, 경복
              후보가 대학 가는 데 더 좋다 아입니꺼. 부산 남으면 나가리
              됩니더.

중학생 선수1, 꾸벅 인사하고 가버리면….

착잡한 강 코치, 운동장에서 축구하는 아이들을 본다.

센터링을 준비하는 레프트 윙. 문전에서 일어나는 혼전.

유난히 큰 키와 덩치의 순규, 주위 학생들을 무지막지하게 밀어댄다.

버티지 못하고 '퍽', '퍽' 나가떨어지는 학생들. 그 틈을 타 올라오는 센터
링. 동시에 점프하는 아이들. 그 사이로 쑤욱 솟구치는 순규. 엄청난 점프
력이다.

압도적 높이로 솟아오른 순규의 헤딩! 그러나 조준을 잘못한 탓에 뚜껑(?)

에 맞아 어이없이 다시 공중으로 떠오른 공.

다시 점프하며 헤딩하는 순규. 퉁! 다시 위로 튕겨 오르고 다시 점프, 헤딩.

이번에는 포물선을 그리며 골대 위를 넘어간다.

노골에 아쉬워하는 순규를 유심히 보는 강 코치.

그 위로 '농구요?' 하는 소리.

CUT TO 골대 옆 순규 앞에 서 있는 강 코치.

강 코치   그래, 니 농구해본 적 있나?

순규   없는데요?

강 코치   함 해볼래?

순규   저는요. 즐라탄 이브라모비치 같은 축구 선수를 할 낍니다.

그때, 골대 근처에서 쭈그리고 앉아 있던 아이(골키퍼)가 끼어든다.

아이   (쭈그려 앉은 채로) 순규야, 이브라모 같은 소리 하지 마라. 니
            는 축구는 글렀다. 농구는 몰라도.

강 코치   그래, 니 키에 그런 점프에다가 근성이믄 농구가 맞제. 니가
            맘만 먹어뿌면 끝내주는 센터가 된다 아이가.

순규   센터요?

강 코치   생각해봐라. 걸그룹도 센터가 젤로 폼나제? 우리 학교는 중
            앙고. 영어로 센터. 농구도 센터. 혹시 느그 집이….

순규   중앙동입니다.

강 코치	히야~ 이거는 운명이다. 운명.
순규	근데, 인제 시작하믄 많이 늦은 거 아입니까?
아이	(또 끼어들며) 순규야. 니 잘 생각해봐라. 인생 억수로 길데이. ('야, 공 간다! 공 간다꼬!' 하는 소리를 못 듣고 계속) 길게 봐야되는 기다. 인생이라 카는 기.

아이가 일장 연설을 하는 동안, 상대편 공격수가 빈 골대에 골을 넣는다. 환호하는 상대편.
다른 아이들 달려와 아이에게 '야이, 등신아! 니 밥 쳐묵고 하는 기 뭐꼬?' 원망을 하는 동안.

강 코치	(그 모습을 가만히 보다가 순규에게) 잘 생각해봐라. 니 친구도 농구 한번 해보라 안 하나.
순규	절마 친구 아닌데요.
강 코치	?
순규	며칠 전에 우리 반에 전학 온 압니다. 이름도 잘 몰라예.
강 코치	(벙찐 얼굴로 아이를 보다가) 이름이 뭐가 중요하겠노? (순규에게) 운명이 중요하지. (사투리 발음으로) 데스티니.

13. D. 길거리농구장

길거리농구를 하고 있는 학생들. 강 코치, 그런 학생들을 지켜보고 있다.

그 옆에서 천진난만한 얼굴로 쭈쭈바를 입에 문 채 같이 보고 있는 순규.

강 코치   잘 봐라. 저기 농구야. 니가 특히 눈여겨봐야 되는 기 저기 골
           대 밑에 있는 아들이야.
순규   골대 밑에 있는 아들요?
강 코치   그래, 공이 맞고 나오면 기를 쓰고 다시 공을 잡을라카제? 저
           기 봐라… 저기서 공을 잡을라꼬 몸싸움을 지랄같이 하제?
           몸싸움. 저게 중요한 기다.
순규   (진심으로) 몸싸움… 자신 있어요. 지랄같이….

강 코치, 골 밑에서 몸싸움하며 점프하는 선수를 보며 '봐라… 저렇게…'
하다가 한 선수에게 시선이 멈춘다.

강 코치   (시선이 머문 채로) 쟤처럼… 해야 된다. 쟤처럼….

CUT TO 시합이 끝나고 땀을 닦는 학생들.
강 코치, 그중 한 명(강호)에게 다가간다.

강 코치   니 몇 학년이가?
강호   중학교 3학년인데요.
강 코치   (나지막이) 오, 예~
강호   ?
강 코치   농구 재밌제?

44

강호	누구신데요?
강 코치	내 중앙고등학교 농구부 코치다. 니 진짜로 농구해볼 생각 없나?
강호	진짜로…?
강 코치	(진심으로) 진짜로.

강 코치와 강호, 둘이 뭐라 뭐라 말을 주고받더니 순규 쪽으로 걸어온다.

강 코치	(순규에게) 인사해라. 느그는 인제 같은 팀이다.
순규	같은 팀요? (강호를 보며 손을 내민다) 억수로 잘생겼네.
강호	(진심으로) 니도 만만치 않다.

서로에게 반한 순규와 강호.
그리고 그런 둘을 보는 강 코치. 어이가 없다.

14. D. 달리는 봉고차 안

운전 중인 강 코치. 옆의 보조석, 조수석에 나란히 앉은 순규와 강호. 좁은 곳에 끼어 앉아 터질 것 같은 봉고 앞줄.

강 코치	느그들 이제라도 뒤로 가는 게 어떻노?
순규	여가 좋아요.

강호	앞이 잘 보여요.
강 코치	하아, 그래… 이래 낑겨서 가보자. 끝까지….

강 코치의 얼굴 위로 '탕' 하는 소리.

15. D. 임호중, 체육관

튕겨지는 농구공. 코트 위를 뛰는 농구화 소리들이 깔리며 화면 밝아지면 자체 청백전 중인 임호중학교 농구부.
공을 몰고 들어가는 임호중의 가드 천기범. 안정된 드리블에 기본기가 잘 되어 있지만, 어딘가 팀원들과 손발이 맞지 않는다. 골 밑으로 패스를 해보려 하지만 여의치 않고 혼자 드리블해 골 밑 돌파를 시도해보지만,
'삐~!' 오펜스 파울이다. '아씨' 분을 이기지 못하는 기범을 멀리서 지켜보고 있는 강 코치와 임호중 코치. 뒤쪽에는 막대 사탕을 입에 문 순규와 강호.

임호중 코치	절마가 천기범입니다. 잘 생겼지, 농구 잘하지, 재작년에 전국 대회 MVP까지 받아가꼬 서울에서도 탐을 많이 냈었지요. 근데 그카다가 2학년 때부터 키가 안 크는 거예요. 그라면서 슬럼프가 오더니 고만고만한 선수가 돼버렸지예.

가쁜 숨을 몰아쉬는 천기범을 가만히 바라보는 강 코치.

'기범아!' 임호중 코치가 부르는 소리에 돌아보는 기범.

16. D. 임호중, 체육관 앞

기범과 강 코치가 얘기를 나누고 있다.

기범   …중앙고요?

강 코치   그래. 니 중앙고로 오믄 바로 주전으로 뛰게 해줄게. 어차피
            니 불러주는 데도 별로 없다카데.

기범   아닌데예. 불러주는 데 많습니다. 서울에서도 그렇고.

강 코치   (믿지 않는) 그래? 그캐도 딴 데 가믄 주전 뛰기는 쉽지 않을
            기다. 선수는 자꾸 경기를 뛰봐야 실력이 는다 아이가.

기범   암만캐도 싫습니더.

돌아서서 다시 체육관 쪽으로 가려는데…

강 코치   중앙고가 싫은 기가. 내가 싫은 기가?

기범   (멈칫해 보는)

강 코치   경력도 없고 나이도 어린 코치 못 믿겠는 거 아이가?

기범   (말없이 돌아서려는데)

강 코치   니 아직 서울 팀에서 연락 못 받았제?

기범   고르는 중입니다.

강 코치   2주도 안 남았는데 아직도 고르는 중이가?

기범   (불쾌하다 움찔해서 보는)

강 코치   우리… 같이 한번 커보자. 나도 크고 니도 크고.

기범, 강 코치 보다가

기범   프로 2군 출신이라면서요. 코치 경력도 없고. 월급 100만 원
         이나 됩니까? 턱도 없지요?

하며 저쪽을 보면 막대 사탕을 입에 문 채 기범을 향해 해맑은 미소로 손
을 흔드는 순규, 강호.

기범   (다시 강 코치를 보며) 지는 그런 3류 아닙니다. 딴 데 가서 알
         아보이소.

뒤돌아서 가버린다.

강 코치   (진지하게 기범의 뒷모습을 보다가) …우째 알았지…? 100만 원
         안 되는 거. 촉이 좋은 놈이네… 감각이 있어….

17. D. 부산 중앙고, 체육관

빡빡머리, 더벅머리와 순규, 강호가 함께 코트에서 가벼운 러닝을 하고 있
다. 아이들 너머로 보이는 코치실 창으로 강 코치가 10바퀴 더 주문한다.

18. D. 코치실

지시를 하고 자리에 앉는 강 코치, 모니터를 유심히 보고 있다.
그런 강 코치를 보던 이 선생.

이 선생   니 지금 뭐 하는 기가?

강 코치   (이 선생을 힐긋 보고는 아무렇지 않은 말투로) 그냥요. 그냥 대강
          구색이나 맞추는 겁니다.

강 코치가 보고 있는 모니터 화면에는 길거리농구 영상이 비춰진다.
카메라, 농구하는 한 학생 쪽으로 서서히 들어가면⋯ 화면이 실사로 변한다.

19. D. 수영만 야외 농구장

눈부신 드리블과 워킹으로 수비수들을 농락하며 골 밑으로 파고드는 풋워크.
점프⋯ 림을 통과하는 공.

착지하는 발의 주인공은… 환한 미소를 짓고 있는 규혁이다.

벤치에 앉아 그런 규혁을 유심히 보고 있는 강 코치.

그리고 계속 이어지는 규혁의 현란한 플레이들에 점점 매료된다.

다시 이어지는 규혁의 단독 돌파… 거칠게 막아서는 수비수와 충돌하는 규혁.

바닥에 나뒹구는 두 사람. 먼저 벌떡 일어난 수비수가 규혁을 거칠게 밀친다.

규혁   씨발, 와 그라는데?

수비수   야이 새끼야! 니 나이 몇 살이고? 어린 새끼가 어데 형님한 테!

규혁   됐고! 졌으니까 2만 원 내놔라.

수비수, '이 새끼가!' 하며 한 번 더 거칠게 밀치려는데…

'퍽!' 규혁의 주먹이 먼저 턱에 꽂힌다. 그리고 이어지는 싸움.

격한 수비수가 반격을 해보지만 흥분한 규혁의 펀치가 또다시 작렬한다.

20. N. 지구대 전경

지구대 전경 위로 '진짜 말 안 할 거야?' 하는 소리.

21. N. 지구대 안

잔뜩 짜증이 난 순경 앞에 앉아 있는 규혁.
외면하는 얼굴엔 약간의 상처가 나 있다.

순경	최소한 마 이름이 뭔지는 얘기를 해야 되는 거 아니야?
규혁	… .
순경	아, 일마… 완전 꼴통이네 꼴통… .
규혁	… .

그때, 뒤에서 '아이고 수고가 많으십니다' 하는 소리.
순경과 규혁이 돌아보면… 박카스 상자를 든 강 코치가 순경들에게 박카스를 나눠주고 있다.

순경	어데서 오셨습니꺼?
강 코치	죄송합니다. 제가 애 삼촌 됩니더.
순경	아, 그래요?

옆자리에 앉는 강 코치를 벙찐 얼굴로 보는 규혁.

강 코치	(쌩까며) 니 자꾸 사고 칠래? 삼촌이 그래 말 안 했나? (은밀히 눈짓을 보내며) 조용히 학교 댕기라고. 으이?
규혁	(그저 벙찐) … .

순경	일마가 묵비권을 행사해가꼬 골치 아프던 중이었는데, 잘 오셨네예. 야 이름이 우찌 됩니꺼?
강 코치	(알 리가 없다) …이름요?
순경	예, 저쪽도 아들끼리 싸운 거라 크게 문제 안 삼는 눈치니까 보호자도 오셨고, 신원 확인만 되면 훈방할라꼬예.
강 코치	아, 그래예? 일마 이름요?
순경	예, 이름요.
강 코치	아… 그기….

하는데, 순경에게 전화가 걸려 온다. 전화를 받는 순경.

순경	죄송합니다 잠깐 전화 좀…. (뒤돌아 등을 돌린 채로) 아이고 안녕하십니까. 예 그기요. 쪼매 복잡해진기….

식겁한 강 코치, 이때를 틈타 잽싸게 규혁을 보면… 규혁이 은밀히 입 모양으로 이름을 구현한다.
규혁이 입 모양으로 '배…' 하면… '해?' 하는 강 코치. '아니, 배!' 하는 식으로 이름을 맞춰나가던 중… 순경의 전화 통화가 끝난다.

순경	미안합니다. 자 인제 이름 말씀해주이소.
강 코치	예… 배….

순경이 자판을 치는 동안, 끄덕이는 규혁.

강 코치   규… (마지막은 확신이 없는) …마지막은… (에라 모르겠다) 혁.

맞다는 규혁의 눈짓, '해냈다!' 짜릿한 얼굴의 강 코치.
그러나 기쁨도 잠시.

순경   생년월일은요?

22. N. 선창가

배들이 정박해 있는 곳에 할머니들이 불을 밝힌 채 해산물을 팔고 있다.
그 언저리 좌판 앞에 멍게 해삼을 먹고 있는 강 코치와 가만히 보는 규혁.

강 코치   (오물거리며) 내기 농구하믄 돈 많이 버나?
규혁   (까칠한) 아저씨 누굽니꺼. 누군데 내한테 이런 수작 부리는
        건데요?
강 코치   뭐 하는 사람 같나?
규혁   글쎄, 별 직업 없이 놀고먹는 놈팽이. 끽해야 공익?
강 코치   (오물거리다가 멈칫) 헐….
규혁   헐…?
강 코치   내 중앙고 농구 코치다. 니 내랑 농구 안 할래?
규혁   농구요? 하 씨발…. 이 아저씨가 웃기는 소리하네. 농구라카
        믄 이가 갈리는 사람한테 농구를 하자꼬요?

강 코치	이가 갈린따꼬? 아이던데? 니 농구 억수로 좋아하던데…?
규혁	내기 농굽니다. 순전히 돈 벌라꼬 하는 거라예.
강 코치	아이던데, 니는 농구를 즐기면서 하던데… 억수로 행복해하던데….
규혁	….
강 코치	무슨 일이 있었는지는 모르겠는데… 니 좋아하는 거… 내 좋아하는 거… 같이 좋아하는 거 하면서 살자는 기다. 인생 별거 있나?
규혁	그런 유치한 말에 내가 넘어갈 거 같습니꺼.
강 코치	니 왼쪽이 좀 안 좋제?
규혁	!
강 코치	무릎인지 발목인지 완전히 힘을 못 받치데… 그거 때문에 농구 그만둔기가?
규혁	(흔들리는) …무슨 말도 안 되는 소립니꺼?
강 코치	아니면 다행이고… 니 내랑 놀자. 길거리에서 아들하고 놀지 말고 정식 유니폼 입고 코트에서 놀잔 말이다.
규혁	됐습니더.
강 코치	(지갑에서 명함을 꺼내 넘겨주며) 생각이 바뀌면 연락해라.

하고 일어서서 가는데, 걸려오는 전화.

강 코치, 핸드폰을 보면… 발신자 표시에 '한준영'이라고 떠 있다.

화색이 도는 강 코치, 전화를 받는다. '여보세요!'

규혁, 그런 강 코치의 뒷모습을 보다가 명함을 보면…

도화지에 삐뚤빼뚤 더럽게 못 쓴 글씨로 '부산 중앙고 농구부 코치 강양현'

23. N. 기범의 집, 거실

낡고 허름한 거실.
기범의 기사를 스크랩한 액자들이 한쪽 벽면에 걸려 있고
그 앞쪽으로는 기범이 지금까지 받은 듯한 트로피, 상장들이 자랑스럽게
진열되어 있다. 거실 한편에 앉아 뚫어져라 울리지 않는 핸드폰을 보고 있
는 기범 부. 거실 한편에 있는 미싱을 하면서 옷을 수선하는 기범 모.
그때 현관문 열리는 소리와 함께 '다녀왔습니다'라는 기범의 목소리 들리
자 빠르게 핸드폰을 숨기며 과장된 미소로 기범을 맞이하는 기범 부.

기범 부   아이고 기범이 왔나.
기범 모   (역시 과장된 미소) 배고프제?

그런 부모님을 역시 조금은 기운 없는 표정으로 보는 기범.

[시간 경과되면]
갈비, 잡채 등 소박함 속에서 정성으로 차려진 밥상.
뜨뜻미지근한 표정으로 보는 기범.
맞은편의 기범 부와 기범 모, 기범만을 보며

기범 모   니 좋아하는 걸로만 차렸는데… 와? 다른 거 해주까?

기범, 자신만을 바라보는 부모를 보다가

기범   같이 드이소.
기범 모   아이다. 니가 많이 무야지. 큰일할 안데….

연신 그릇들 기범 앞으로 갖다 놓는 기범 모.
기범, 부담되는 듯 보다가 한 숟갈 뜨기 시작하는데…

기범 부   걱정 마라. 아까도 서울 뭐 어데라카면서 연락 왔는데 (누가
              봐노 허쑹이다) 뭐 시럽지도 않은 데라 택도 없다고 안 했나.

기범 모, 그런 기범 부를 툭 치며 눈치 준다.

기범 모   와 아 밥 먹는데 그딴 얘길하고 그래요. 빨리 일 나가이소. 쪼
              매 있으면 대리 콜 많이 들어올 시간인데, (기범에게) 신경 쓰
              지 말고 밥 무라.

기범, 그런 부모의 말에 눈빛은 어두워지지만 꾸역꾸역 밥을 먹기 시작하
는데…
그때, 어디선가 울리는 기범 부의 핸드폰 벨 소리.
'아이쿠야' 자기도 모르게 놀라서 일어서다가 '쿵' 상에 무릎 찧는 기범 부.

모르는 발신인 번호를 보고 맘을 진정시킨 뒤 전화를 받는다.

기범 부   여보세요. …예, 제가 천기범이 아빠 되는 사람인데요.

기범 부의 말에 더욱 긴장한 눈빛으로 기범 부를 바라보는 기범 모와 기범.

기범 부   어데라꼬요? 부산… 중앙고요?

기범, 기겁해서는 팔로 엑스자를 그으며 안 된다는 듯 고개를 젓는다.

기범 부   아… 그기… 기범이 없는데요. 예… 예? 없는 거 아니까 말
             좀 전하라고요? 없는데… 우째 말을 전합니꺼….

기범, '끊어', '끊어' 하는 손짓, 발짓을 하는데

기범 부   예… 누구요? 누가 온다꼬요? …한준영이가 …중앙고로 오기
             로 했다고요?

순간, 놀라서 바라보는 기범.

24. D. 부산 중앙고, 교장실

차가운 얼굴로 앉아 있는 교장. 맞은편에 선 이 선생을 바라보며

교장   한준영이요? 그기 누군데요?

이 선생의 눈빛에 지금까지 볼 수 없었던 설렘이 섞여 있다.

이 선생   고등학교 농구에서 젤로 중요한 거는 가드도 아이고 포워드
          도 아이고 센텁니다. 그래가 키가 쪼매만 컸다카믄 서울 놈들
          이 눈에 불을 키고 데려가거든예.

이 선생이 말하는 동안, '쿵… 쿵…' 코트 바닥을 울리는 드리블 소리가 멀
리서 들려오기 시작한다.

25. D. 부산 중앙고, 정문/체육관 코트
(실제로는 중앙고 체육관이지만 그렇게 느껴지지 않아야 함)

– 벚꽃이 흩날리는 '입학을 축하합니다' 현수막 아래로 웃으며 등교하는
학생들.
어느 순간 시선이 한쪽에 모이기 시작한다.
학생들의 시선을 따라가보면… 엄청난 키의 학생이 아이들 사이로 걸어가

58

고 있다. 고만고만한 학생들 속에 압도적인 신체 조건이 경이롭다.
그 위로 이 선생의 소리가 이어진다.

이 선생(소리)　근데, 그 서울 놈들이 탐낼 만한 센터가 바로 우리 학교로 온
　　　　　　겁니더. 자그마치 키가 2미터 2센치의 특급 센터!

– 체육관 창 너머로 들어오는 눈부신 햇살. 보이는 실루엣들.
코트 바닥을 튀어 오르는 농구공이 슬로우로 보인다.
그 공을 드리블하는 손. 마치 예열하는 듯한 느낌이다.
바닥을 디딘 커다란 사이즈의 농구화.
그리고 땀에 젖은 세밀한 근육들의 움직임.
드디어 드리블을 하며 골대로 질주하는 거구의 뒷모습이 보이고…
카메라, 그 움직임을 따라 이동한다.

이 선생(소리)　존재만으로도 경기 자체를 완전히 지배해뿌는 대형 선수! 예
　　　　　　선 통과는 말할 것도 없고….

가속을 높이던 거구… 일순 뛰어오르고… '쾅!' 하는 소리와 함께 덩크 슛!
그리고 착지하며 드러나는 얼굴… 땀에 젖은 얼굴로 환한 미소를 짓고 있
는 한준영이다.

이 선생(소리)　한준영이만 있으면… (흥분하는) 예선 통과! 본선 진출은 말할
　　　　　　것도 없고! 전국 4강도 꿈만은 아이다 이 말입니다.

이때부터 화면 정속으로 바뀌며 사운드가 체육관으로 넘어온다.

'와아~' 입이 쩍 벌어지는 순규, 강호, 더벅머리, 빡빡머리.

그리고 먼발치서 지켜보며 희열에 차 있는 교감과 이 선생, 무표정한 교장.

'짝짝짝' 박수 치는 강 코치.

기범을 보며 해보라는 듯 준영과 눈빛을 주고받고는…

화려한 드리블을 하며 순규, 강호를 제치고 외곽에서 준영에게 롱패스.

달려와 뛰어오르며 앨리웁 덩크를 하는 준영.

준영의 플레이에 놀라는 일동. 흡족한 강 코치.

만족스러운 얼굴의 기범, 준영에게 다가가 하이파이브를 한다.

그 위로 '삑~' 호루라기 소리.

[시간 경과되면]

강 코치 앞에 일렬로 서 있는 선수들.

강 코치　　　다들 반갑다. 앞으로 너희들을 지도하게 될 강양현 코치다.
　　　　　　우리의 첫 번째 목표는 여름 군산 대회. 오늘부터 개인 생활
　　　　　　은 없다. 질문 있나?

기범, 손을 들면 강 코치, 끄덕인다.

기범　　　　팀 선수들은 이기 다입니까?

강 코치　　　물론 추가 영입이 있을 기다. 그래가꼬 지금도 꾸준히 선수들
　　　　　　을 찾고 있…

하는데, 체육관 문이 열리며… 등장하는 누군가.

일동, 그쪽을 보면… 규혁이다.

강 코치   (화색이 도는) …었는데… 방금 추가적인 선수 영입이 끝났다.

강 코치를 향해 걸어오는 규혁.

그런 규혁을 보는 기범의 심상치 않은 표정.

규혁   체육관이 많이 낡았네요.

강 코치   사람이 이래 다들 새건데 뭐.

'코치님' 하는 소리.

강 코치, 돌아보면… 기범이다.

기범   지는 절마랑 못 합니다.

강 코치   뭐라꼬? 둘이 아는 사이가?

규혁   (그제야 기범을 보고) 저도 저 새끼랑은 농구 못 합니다.

강 코치   (혼잣말로 한탄하는) 하아…. 이기 또 와 이래 상황이 변화무쌍

             하노….

CUT TO_INSERT 중앙고 체육관 전경

강 코치 앞에 서 있는 규혁과 기범. 서로 눈길도 안 주고 외면하고 있다.

그 뒤로는 눈치를 보며 서 있는 아이들.

강 코치   둘 다 서로하고는 몬 하겟다 이기지?

기범과 규혁, 긍정의 침묵.

강 코치   (버럭) 이 쉐끼들이 지금 장난하나? 으이? 느그 둘이 원수고
           라이벌이고 내는 하나도 관심 없다. 내랑 여기서 농구하기 싫
           은 놈은 지금이라도 당장 나가라. 그런 썩어빠진 정신 상태로
           있는 놈은 필요 없어. 셋 셀 때까지 내 눈앞에서 당장 꺼져뿌
           라. 하나….

거침없는 강 코치의 행동에 당황하는 아이들과…

강 코치   둘….

금방이라도 자리를 박차고 나갈 듯 서로를 노려보는 기범과 규혁.

강 코치   셋!

서로를 외면한 채 자기 자리에 서 있는 기범과 규혁.

강 코치   (다시 버럭) 전체 지금 당장 코트 왕복 200번! 실시! (아이들이
           머뭇거리자) 다들 뭐 하나! 실시!

강 코치의 불호령에 우르르 달려가 왕복 달리기를 하는 아이들과 기범, 규혁. 화가 풀리지 않은 강 코치는 코치실로 향한다.

26. D. 코치실

들어오며 '쾅' 거칠게 문을 닫는 강 코치.
문이 닫히자마자 문에 기댄 채 눈을 감는다.

이 선생   니 그카다가 진짜로 그만두면 우짤라고 그랬노?
강 코치   (십년감수) 하⋯ 말도 마이소. 한 놈이라도 나가는 줄 알고 쫄려 죽는 줄 알았습니더⋯ (하다가) 으아아악!

INSERT   왕복 달리기를 하던 아이들의 코치실에서 들려온 강 코치의 비명 소리를 듣고 잠시 멈칫한다.

강 코치   (식겁한 얼굴로) 여 언제부터 계셨습니까?
이 선생   와 이리 놀라노? 와? 내가 못 올 데 왔나?
강 코치   (놀란 가슴을 쓸어내리며) 아니⋯ 그건 아닌데요.
이 선생   니 진짜 뭐꼬?
강 코치   예?
이 선생   니 진짜로 한번 해볼라카는 기제?
강 코치   (가만히 보다가) 와요? (진지하게) 지는 한번 해보면 안 됩니

까….

강 코치의 얼굴 뒤로 빠른 템포의 음악 시작되고.
'삑~' 하는 호루라기 소리.

27. D. 몽타주

– 코트 위를 뛰는 농구화의 마찰음과 거친 숨소리들.
고무밴드를 한 채 게걸음을 하는 아이들.
그 사이를 걸어가며 호루라기를 부는 강 코치.
– 가파른 학교 후문 계단을 뛰어오르고 있는 선수들.
숨이 턱 끝까지 차오른다. 손뼉을 치며 '빨리빨리!' 독려하는 강 코치.
그 위로

강 코치   하체가 안 받쳐주면 농구 안 된다. 왕복 50회 거뜬히 할 때까
          지 계속 다시 한다! 될 때까지 한다!

– 체육관. 기본 훈련 중인 선수들.

– 런지 자세로 계단을 오르는 선수들. 헉헉대며 기진맥진하며 안간힘을
쓴다.

- 운동장 한편 등나무 벤치에서 휴식 중인 선수들.
강 코치가 규혁의 발목에 테이핑을 하고 있다.

강코치   니 발목 진짜 개안나?

규혁   괜찮다니까요.

강코치   그래도 엑스레이 한번 찍어보는 게 안 낫겠나?

규혁   안 그래도 그저께 병원 갔다 왔는데, 아무 이상 없답니다. 실
         제로도 전혀 안 아프고요.

그 근처 벤치에 널브러져 있는 강호, 순규.

순규   (헉헉대며) 강호야, 원래 농구가 이래 힘드나?

강호   (같이 헉헉) 세상천지에 만만한 기 없다…. 만만한 기….

그 위로 호루라기 소리. '삑~~'
(호각 소리와 떨어지는 빗방울, 선수들의 비명이 박자를 맞춰 리드미컬하게 구성되
며 음악이 된다)

- 양동이에 떨어지는 빗방울.

- 스트레칭하며 고통스러운 비명을 지르는 순규, 강호, 더벅, 빡빡.

- 드리블 훈련을 하는 선수들.

– 호루라기를 부는 강 코치.

– 숫 연습을 하는 선수들. 노골, 노골… 골인.

– 강호, 순규에게 박스 아웃을 연습시키는 강 코치. 사이드스텝하는 발.

– 양손 드리블 훈련을 하는 선수들.

– 해 질 녘, 장난을 치며 하교하는 학생들 사이로 다리를 절뚝이며 걸어가는 선수들의 모습 위로

강 코치(소리)　엄살 부리지 마라! 군산 대회까지 넉 달도 안 남았어. 그 안에 기초, 체력, 하체 다 잡을라카믄 이 정도 가지고 택도 없다.

– 개인 훈련(박스 아웃)하는 강호, 순규.

– 코트 이쪽에서 저쪽까지 전력 질주하며 왕복 달리기를 하는 선수들.
몇 번의 왕복 훈련 끝에 '삐~~' 강 코치가 호루라기를 불면 일제히 그 자리에 쓰러지듯 뻗는 아이들.

28. D. 부산 중앙고, 교무실 앞 난간/교무실

난간에 서서 운동장을 뛰는 농구부 아이들을 바라보고 있는 교감을 비롯한 선생들과 이 선생. 모두의 시선이 준영에게 쏠려 있다.

교감   하이고 마 크기는 억수로 크네.

선생1   저 정도믄 서울에서 엄청 탐냈을 텐데 우째 데리고 왔답니까?

이 선생   한준영이 어렸을 때 처음 농구를 권유한 사람이 강 코치라카데요.

교감   봐봐요. 내가 잘할 끼라 안 했습니까.

그때, 뒤쪽에서 들려오는 교장의 목소리.

교장(소리)   회의하고 계셨던 거 아입니까?

사람들, 놀라 뒤돌아보면 차가운 눈빛의 교장이다. 눈치를 보며 후다닥 안으로 들어가는 선생들.

[교무실]
교장, 선생들을 못마땅하게 보다가

교장   내년에 특성화 고교 지정 있는 거 아시죠? 그때까지 학생들 아무 문제 없게 지도 잘하세요.

다시 교무실을 나가려는 교장에게

이 선생	저, 교장 선생님. 농구팀 말입니다.
교장	(보는)
이 선생	한준영도 들어왔고 가드로 들어온 애도 꽤 쓸 만합디더. 개인적으로는 한번 해볼 만하다꼬 생각하는 데예.
교감	이 선생님 말씀이 맞습니다. 한번 학교 차원에서 지원을 검토해보시는 기….

교장, 싸늘하게 보다가

| 교장 | 내는 말입니다. 청춘, 열정, 패기…. 그따위 말 안 믿습니다. 사고나 치지 않게 단속이나 잘하세요. |

29. D. 부산 중앙고, 체육관

- 전술 훈련을 준비 중인 아이들.
규혁과 순규, 더벅, 빡빡머리 수비 진영에 있고
기범, 강호, 준영이 공격 진영이다.
휘슬 소리와 함께 드리블해 들어가는 기범.
더벅머리와 규혁, 기범의 페이크 동작에 속아 놓치면…
기범, 준영에게 패스. 준영, 손쉽게 수비수들을 제치고 슛… 골인.

가볍게 두 점을 따내는 공격팀. 하이파이브하는 준영과 기범.
박수를 치며 아이들을 격려하는 강 코치.

– 센터 준영을 활용한 여러 루트로 득점에 성공하는 아이들. (콘티 참조)
골을 성공하고도 준영은 어시스트를 해준 기범에게 엄지를 들어 올린다.
준영의 해맑은 미소 위로

강 코치(소리) 딴 거 필요 없다. 무조건 골 밑의 준영이한테 공을 보낸다. 기
           범이로 시작해서 규혁이를 비롯한 나머지가 상대를 흔들고
           준영이한테 패스를 해주는 기다. 수단과 방법을 가리지 말고
           무조건 준영이한테 공을 보내면 된다. 그라믄 우리가 경기를
           이긴다. 무조건 이긴다.

30. N/D. 몽타주

– 낮이 밤이 된다. (콘티 참조)

– 밤. 체력 훈련 중인 선수들. 공을 든 채 한 발로 런지와 스쾃을 하고 있
다. 부들거리는 다리로 힘들어하는 선수들에게 강조하는 강 코치.

강 코치(소리) 우리의 목표는 첫째도 승리. 둘째도 승리. 오로지 이기는 기다.

- 계속되는 훈련에 점차 땀범벅이 되며 지쳐가는 아이들.
멀리서 그런 모습을 지켜보는 이 선생.

- 밤, 화장실, 칸막이 안. 발목을 부여잡고 괴로워하는 규혁.
애써 참으며 발목에 압박붕대를 매고 있다.

- 낮, 운동장. 땀범벅이 돼서 강렬한 햇빛 아래 러닝을 하고 있는 아이들.
어느새 풍경이 점차 여름으로 바뀌어 있다.
등나무 아래에서 그런 선수들을 보며 전술 구상을 하고 있는 강 코치.

31. D. 부산 중앙고, 체육관

강호에게 패스를 받은 기범이 준영에게 다시 패스.
이후, 빠른 패스 플레이 이어지다가… (콘티 참조) 공을 잡은 규혁이 골 밑의 준영(순규 박스 아웃)에게 패스하자… 그 앞으로 뛰어나오면서 공을 잡아채고 슛을 하는 강호. 골인!
그와 동시에 '삑' 호루라기를 부는 강 코치.

강 코치   정강호! 뒤에 준영이 있는 거 안 보이나? 준영이한테 가는 패
          스를 막지 마라 안캤나!
강호   죄송합니다. 근데, 제 앞에 아무도 없길래….
강 코치   다시 말한다. 어떤 찬스가 나도 무조건 준영이한테 패스하고

골은 준영이가 넣는다. 다시!

다시 플레이가 시작되면

기범이 돌파를 하다가 강호에게 패스. 강호가 다시 준영에게 패스하려 하지만 수비수들에 막혀 있다. 할 수 없이 규혁에게 패스. 규혁이 슛을 쏘는데, '삑~~' 하는 휘슬.

강 코치	배규혁! 니 뭐 하는 기가? 좀 전에 내 말 못 들었나? 준영이한테 다시 주라고!
규혁	(불만 섞인 표정) ….
강 코치	(무시하고 준영에게 다가가며) 준영이 니 아까 착지할 때 삐끗 안 했나?
준영	괘안습니다.

그때, 헉헉대던 강호, 전혀 악감정 없이 궁금한 눈빛으로

강호	근데요, 코치님. 공격은 준영이만 합니꺼?

뒤돌아보는 강 코치, 아이들을 본다. 순규도 그저 궁금한 눈빛.

규혁	공격 루트가 단순하면 준영이만 집중 마크를 당할 낍니다.
순규	제 생각에도 좀 전에는 그냥 규혁이가 넣으면 될 것 같던데….

강 코치   니 생각? 니그들은 아무 생각하지 마! 알아야 될 건 딱 하나다. 찬스를 만들어서 준영이한테 패스. 그거 외엔 아무것도 생각하지 마.

다들, 마뜩잖지만 묵묵히 듣고 있다.

강 코치   우리 첫 대진 상대 나왔다. 서울 용산고.

기범, 규혁, 준영 놀라서 멈칫해 본다.
뭔 말인가 싶은 순규, 강호. 절망하는 표정의 빡빡머리와 더벅머리.

강 코치   용산고는 작년 재작년 모두 4관왕을 차지한 국내 최강팀이다.

아이들의 눈빛, '하필…' 낙담하는데…

강 코치   근데 쫄 거 없다. 용산이든 휘문이든 이기면 된다. 그리고 전술은 내가 짠다. 느그들은 시키는 대로만 하면 돼! 알겠나?

일동, '예!' 하고 대답하지만, 규혁은 여전히 불만 있는 눈빛이다.

강 코치   (다시 준영의 발목을 살피며) 니 발목이… 쪼매 부은 거 아이가?
준영   부은 거는 모르겠는데, 쪼매 시큰합니더.
강 코치   !

32. N. 병원 전경

33. N. 진료실

준영의 발목 엑스레이 사진을 보는 의사.

의사　　　뼈하고 인대에는 특별한 이상이 안 보입니다. 3, 4일간만 찜
　　　　　질해주믄서 쉬면 괜찮을 깁니더.

의사에 말에 안도하는 준영과 강 코치.

34. N. 아파트 단지, 일각

봉고차에서 내리는 강 코치와 준영.

강 코치　　대회 나흘 남았으니까 그동안 집에서 쉬면서 컨디션 조절하
　　　　　고 있어라. 그날 아침에 데리러 올게.
준영　　　아임니더. 아들 다 혼자 가는데예. 지도 아부지 차 타고 체육
　　　　　관 앞으로 가겠습니더.
강 코치　　그래, 알았다. 퍼뜩 들어가 쉬고 그날 보자.
준영　　　예, 조심히 들어가십시오.

준영, 강 코치에게 묵례한 뒤 아파트 동 출입구로 들어간다.
그 위로 '쾅' 하는 소리.

35. N. 부산 중앙고, 체육관

코트 바닥에 세게 내쳐졌던 공이 튕겨 올랐다가 굴러간다.

기범   씨발 도대체 언제 제대로 뛸라고!!

강 코치 없이 진행되던 연습에서 규혁에게 불만을 터뜨리는 기범.
싸~하게 보는 규혁. 그리고 긴장하는 아이들.

기범   스몰 포워드면 공 받을 위치를 잘 찾아야지!

규혁   그런 뻔한 루트로 패스해봤자 스틸당할 거 알 텐데?

기범   개소리하지 말고 자리나 잘 찾아 들어가라. 이러다가 니 벤치
         에 앉는다.

규혁   니 지금 주장 노릇하는 기가? 주장 노릇할려면 똑바로 해라.
         '무조건 한준영이한테 패스해라' 이기 농구냐?

기범   코치님 얘기 못 들었나? 그렇게 해야 우리가 이긴다고!

규혁   우리가 아니라 너겠지?

기범   무슨 개소리를 지껄이노?

규혁   (비꼬는 투로) 초등 때부터 전국 대회 MVP를 다 휩쓸면서 기

74

대를 한 몸에 받았는데, 언제부터 키는 안 크고 슬럼프에 빠지더니 오라는 팀은 없고 피가 바짝바짝 말랐겠지. 그러다가 만만한 팀에서 에이스시켜준다카는데 거다가 2미터 넘는 센터도 온대. '2미터. 저 새끼면 된다. 저 새끼면 내가 다시 살아날 수 있다!'

기범   (부르르 떨며 나지막이) 입 닥쳐라….

규혁   니가 생각하는 건 이거뿐이지. 괴물 특급 센터와… 천재 가드 천기범의 부활!

기범   (나지막이) 닥치라캤다….

규혁   니가 (다른 아이들 가리키며) 절마들을 한 번이라도 팀 동료라고 생각한 적이 있나? 우리가 들러리가? 지 잘난 거밖에 모르는 이기적인 새끼야….

기범, '으아아' 폭발하며 규혁에게 달려들고 규혁도 맞받아 싸우려는데 둘을 말리는 아이들.
양쪽에서 붙잡는 와중에도 금방이라도 칠 듯 몸부림친다.

기범   무책임한 새끼! 그때처럼 경기 앞두고 도망만 가봐라. 니 땜에 또 경기 망치면 진짜 죽여버릴끼다!

규혁   일로 와봐라! 다시는 농구 몬 하게 해주께!

그때, 저쪽에서 '이기 뭐 하는 짓들이고!' 하는 강 코치의 일갈.
보면 잔뜩 화가 난 강 코치가 걸어온다.

강 코치	느그들 미쳤나? 으이? 왜 서로 못 잡아묵어서 안달이고….
	느그가 좀비가?
기범, 규혁	….
강 코치	느그 둘, 내가 분명히 경고한데이. 이번 대회 느그 둘 때문에
	우리가 잘못되면… 내 진짜 가만히 안 있을 기다. 알았나?

분을 삭이며 작게 대답하는 기범과 규혁.

36. D. 군산, 월명체육관 외곽

'군산시장배 전국 고교 농구 대회'라는 플래카드가 붙어 있는 월명체육관 앞.
대회 관계자들과 다른 학교 선수들과 학교 선생들이 지나다니는 사이,
모여 있는 기범, 규혁, 순규, 강호, 더벅머리, 빡빡머리.
그때, 저 멀리에서 걸어오는 강 코치를 발견하자 묵례하는 선수들.

기범	오셨습니꺼?
강 코치	준영이는?
기범	아직 안 왔습니다.
강 코치	(손목시계를 보고는) 준영이 오는 대로 데리고 들어갈 테니까,
	먼저 들어가서 유니폼 갈아입고 몸 좀 풀고 있어라.

'예' 대답하고는 하나둘씩 가방들 챙겨 드는데…

들려오는 버스의 엔진 소리. 돌아보면 용산고 마크가 선명한 대형 버스가 체육관 앞쪽으로 다가오고 있다.

자기도 모르게 긴장된 표정으로 위압적인 버스를 바라보는 강 코치와 아이들.

천천히 멈춰 선 버스. 앞문이 열리며 내려서는 양복을 걸친 관계자들에 이어 여유 있는 표정으로 내리는 40대 중반의 연륜 있어 보이는 용산고 코치. 강 코치와 시선 마주치자 빙긋 웃으며 다가온다.

용산고 코치   강양현! 오랜만이다.

강 코치, 그렇게 친한 사이는 아닌 듯 예의 차린 묵례.

강 코치   잘 지내셨습니까.
용산고 코치   이제 진짜 코치 티가 나네. 축하해.
강 코치   감사합니더.

두 사람이 대화를 나누는 사이, 그 뒤쪽으로 버스에서 하나둘씩 내려서는 용산고 선수들. 그 속에 에이스 허훈의 모습이 보인다.

강호   (마치 연예인을 본 듯 혼잣말로) 우와, 허훈이다….

하나같이 큰 키에 잘 다져진 몸매의 용산고 선수들. 눈빛에는 프라이드가 가득하다. 중앙고 선수들을 힐긋 본 뒤 관계자들의 안내를 받으며 체육관 쪽으로 향하는 용산고 선수들.

중앙고 선수들. 기죽지 않으려 하지만, 이미 기 싸움에서 눌려 있다.

강 코치   오늘 잘 부탁드립니더.

용산고 코치   잘 부탁은 무슨…. 그런데… 아직 못 들었나 봐?

강 코치   (무슨 소린가 하며 보는)

용산고 코치   오해할까 봐 얘기하는 건데 우리가 먼저 접근한 건 아냐. 쟤
            부모님이 먼저 연락 왔더라고.

강 코치, 멈칫 보는데…

버스에서 내려서는 용산고 선수들 후미 쪽에 섞여서 내리는 누군가.

용산고 마크가 박힌 트레이닝복을 입은 준영이다.

준영이를 발견한 기범과 규혁, 믿기지 않는 눈빛으로 바라보고…

강 코치 역시 뒷골이 싸해지는 듯 충격에 휩싸여 준영을 보는데…

준영, 죄책감에 휩싸인 낯빛으로 고개 푹 숙이고 용산고 선수들 사이에 끼
여 체육관 쪽으로 향한다.

놀라 보던 순규. 뭐가 뭔지 모르겠다는 듯

순규   저기 준영이 아이가… 와 준영이가 저기 있노.

강호   (멀어지는 준영을 향해) 준영아! 준영아!

준영, 더욱 고개를 푹 수그리며 발걸음을 더욱 빨리한다.

용산고 코치   이거 내가 할 얘긴지 모르겠는데, 준영이 너무 원망하지 마.
          쟤는 끝까지 너한테 남아 있으려고 했는데 집에서 난리를 친
          모양이야.

용산고 코치, 아이들이 모두 체육관으로 들어가자 씁쓸한 미소 지으며 강
코치에게

용산고 코치   그럼 잘해보자.

체육관으로 멀어지는 용산고 코치.
강 코치, 그저 멍할 뿐이다.
그런 강 코치를 불안한 눈빛으로 바라보는 아이들.

기범   코치님….
강 코치   ….
기범   코치님.

강 코치, 기범의 부름에 서서히 정신이 돌아오는 듯 아이들을 둘러본다.
흔들리는 눈빛으로 강 코치를 바라보는 아이들.

강 코치   …들어가자. …시합해야지.

고개 들어 준영 쪽을 바라보는 강 코치.

37. D. 월명체육관, 복도

유니폼으로 갈아입은 기범의 불안한 얼굴. 거친 숨소리에서 빠지면…
코트로 연결된 낡고 좁은 복도에 서서 입장을 기다리는 강 코치와 중앙고
선수들. 저 앞쪽에서 입장하라는 듯 손짓하는 진행 요원.
천천히 코트 쪽으로 향하기 시작하는 강 코치와 그 뒤를 따르는 아이들.
그들의 위축되고 불안한, 흔들리는 시선으로 보여지는 화면.
복도를 지나는 무표정한 진행 요원과 관계자들.
전 경기에서 부상을 입은 듯 울면서 부축받아 나가는 다른 팀 선수들.
복도 끝 코트로 나가는 문에 다가갈수록 커져오는 관중들의 소음.
아이들의 시선, 더욱 흔들리고, 숨결도 거칠어진다.
드디어 도착하는 복도 끝 문. 열린 문 너머 쏟아지는 코트의 밝은 조명 속
으로 들어가는 아이들의 뒷모습에서…

38. D. 월명체육관, 코트

환한 코트로 걸어 나오는 강 코치와 아이들. 주변을 둘러보는데,
한산한 관객석 그리고 벤치에 무표정한 눈빛으로 팔짱을 끼고 앉은 이 선
생이 보인다.
맞은편 코트를 보면 골대 밑에서 몸을 풀고 있는 용산고 선수들.
절제된 동작으로 러닝 슛과 점프 슛을 전부 성공시킨다.
여유로워 보이는 모습이 오히려 강한 포스를 내뿜고 있다.

용산고 벤치에는 고개를 푹 숙인 준영이 앉아 있다.
중앙고 선수들, 모든 게 낯설고 불안하다.
강 코치, 기죽은 기색이 역력한 아이들을 불러 모은다.

강 코치   포지션을 변동한다. 센터 홍순규. 파워 포워드 정강호. 스몰
          포워드 배규혁. 슈팅 가드 (더벅머리 보며) 박윤호. 가드는 그
          대로 천기범이다.

순규, 긴장해서 침을 꼴딱 삼키고, 더벅머리는 손이 발발 떨려온다.
강 코치 역시 눈빛, 불안감으로 흔들리지만 애써 감춘다.

강 코치   갑작스럽게 포지션이 변동됐지만 할 수 있다. 다들 열심히 훈
          련했고, 느그들 모두 그전의 느그들이 아니다. 할 수 있다. 알
          았나!

강 코치의 격려에도 서로를 바라보는 아이들의 시선은 불안하기만 하다.
그런 모습 위로 '삐' 울리는 부저음.

– 공을 들고 센터서클로 들어서는 심판.
양측의 중앙고, 용산고 선수들 역시 센터서클 주변에 모여 선다.
서로를 바라보는 선수들의 긴장된 눈빛. 점점 거칠어지는 숨소리.
'삐' 휘슬 소리와 함께 천장에 설치된 환한 조명 속으로 높이 떠오르는 농
구공.

서서히 가라앉는 농구공을 향해 뛰어오르는 선수들.

그중 놀랍게도 가장 높이 도약하는 순규. 그러나 욕심이 과했다.

택도 없는 곳에 헛손질. 상대편 센터는 정확히 공을 건드려 자기 팀에 패스.

드리블하는 용산고 9번. '탕탕탕' 드리블하는 소리와 함께 화면 속도가 정상으로 돌아오며 현장음도 서서히 살아나기 시작한다.

용산고 선수들, 전광석화처럼 물 흐르듯 패스, 패스, 패스…

용산고 9번 슛… 골인.

함성을 지르는 용산고 응원석.

당황해서 수비도 제대로 못 하고 당하는 중앙고 아이들 순간 넋을 놓고 있는데… 강 코치도 멍하니 보고 있다가 이내 정신을 차리고

강 코치   …기범아… 천기범! 집중 안 하나!!

기범, 강 코치의 소리에 서서히 정신이 드는 듯 눈빛이 가라앉는다.

드리블해 들어가는 기범. 그러나 규혁, 순규, 강호, 더벅머리 그 누구에게도 패스할 곳이 마땅치 않다. 규혁만이 그나마 움직이고 있을 뿐. 얼어서 아무것도 못 하고 있는 순규, 강호, 더벅머리.

수비수를 따돌리며 반대쪽으로 간 규혁을 본 기범, 규혁에게 패스하자 기범에게 붙어 있던 수비수가 규혁에게 달려가고, 자리 잡은 기범이 다시 규혁에게 패스를 요청하는데. 규혁, 기범을 보지만… 무시하고 돌파를 시도하다가 거대한 용산고 센터에 의해 막혀버리고.

- 손쉽게 공격을 이어가는 용산고의 골, 골, 골.

- 용산고의 기세에 눌려 고전하는 중앙고 아이들의 모습들.
어떻게든 골을 넣어보려는 기범, 규혁.
용산고의 공격을 막아보려는 순규, 강호. 그냥 얼어붙어 있는 더벅머리.
점점 땀범벅이 되어가는 중앙고 선수들.

- 점차 더블스코어 이상으로 늘어나기 시작하는 점수판의 점수.
이 선생은 미동도 없이 바라본다.

- 작전타임, 중앙고 선수들에게 포지셔닝 코칭하는 강 코치

- 기범, 규혁 땀이 흘러내린다. 그러나 찬스를 찾기는 힘들다.
순규, 강호 역시 열심히 뛰긴 하지만 방법을 모른다.
그런 아이들에게 고함을 지르며 독려하는 강 코치.

- 중앙고의 공격. 기범, 드리블해 몰고 들어오는데,
규혁, 강호를 이용해 수비를 따돌리며 안쪽으로 돌아서고 그런 규혁에게
패스하려는 기범. 그러나 규혁, 돌진하던 수비수에게 뒤로 밀려버린다. 발
목에 아픔이 오는 듯 힘들어하는데…
심판, 휘슬을 불지 않고 바로 게임을 진행시킨다.
벤치의 강 코치, 열 받은 얼굴로

강 코치   심판!! 파울!! 디펜스 파울 안 보입니꺼!

항의해보지만 계속 진행되는 경기.

강 코치, 열 받은 얼굴로 고개를 돌리다가 용산고 코치와 시선이 마주친다.

파울을 인정하는 듯한 엷은 미소를 짓고는 코트를 향해 다시 고개를 돌리는 용산고 코치.

그 뒤쪽, 고개를 푹 숙이고 벤치에 앉아 있는 준영.

강 코치의 눈빛 더욱 굳는다.

– 더욱 빠르게 진행되는 경기.

전광판을 비추면 더욱 격차가 나 있다.

공을 잡고 전진하는 용산고 선수들.

패스, 패스. 다시 손쉽게 골을 넣나 싶은데 강호, 점프하더니 공을 막아낸다. 자기도 얼떨떨. 중앙고 아이들도 놀라서 보다가 흘러나오는 공을 잡고 드리블하며 속공을 펼치는 기범. 순규, 재빨리 골대 쪽으로 달려가고,

기범, 빠르게 패스. 그런데 이미 앞을 가로막고 선 용산고 선수 두 명.

기범, 저쪽에서 빠르게 움직이는 규혁에게 패스하지 않고 골 밑으로 파고드는데 팔을 휘두르는 용산고 9번 선수.

골을 넣으려는 기범, 수비하는 9번 선수 사이에 충돌이 일어나며 바닥으로 나가떨어지는 기범, 휘슬을 불며 달려오는 심판, 기범에게 오펜스 파울을 선언한다. 벤치의 강 코치 역시 흥분해서 걸어 나오며

강 코치   미쳤나! 그게 왜 오펜스고!

자기도 모르게 라인을 밟고 나오는 강 코치에게 심판, 경고를 선언한다.

강 코치, 그러나 열 받은 얼굴로 계속해서

강 코치   씨발 제대로 보라고!

심판, 그 모습에 휘슬을 불며 테크니컬 파울을 주고 퇴장 명령을 내린다.
이 선생, 절망적인 얼굴이다.
더욱 열 받은 강 코치가 '와 내가 퇴장인데!' 하며 흥분하자, 어쩔 줄 모르
던 벤치의 빡빡머리, 강 코치의 허리를 붙잡으며 말리고…
어수선해지는 코트 분위기.
기범, 격앙된 얼굴로 일어서는데… 옆을 스쳐 지나며 무심코 보는 용산고
9번.

규혁   (기범에게 다가와) 패스를 안 할 거면 뚫기라도 하던지. 능력도
              없는 새끼가 혼자만 농구하나?
기범   공 받고 싶으면 제대로 공 받을 위치에 서 있던지. 와? 병신
              같은 발목 때문에 안 되나?

기범, 돌아서서 지나가려는데… 공을 들고 있던 규혁.
'야! 이 새끼야!' 하면서 기범을 향해 힘껏 공을 집어 던진다.
기범, 아슬아슬 공을 피하고…
날아간 공이 하필이면 휘슬을 물고 있던 심판의 얼굴로 돌진, 퍽.
순간 휘청하더니 넘어지는 심판. 정적에 휩싸이는 코트.
놀라서 바라보는 강 코치, 선수들.

정신 차리고 일어서는 심판, 코에서 흘러내리는 피. 휘슬을 불어대며

심판   몰수! 몰수! 중앙고 몰수패!

뜻밖의 상황에 놀라는 관중들과 흥분하는 강 코치.

강 코치   (거칠게 날뛰는) 몰수패는 뭐가 몰수패야! 심판한테 던진 게 아
               니라니까!
이 선생   (말리는) 강 코치 참아라. 니 이라믄 안 된다.

강력히 항의하는 강 코치와 혼돈과 좌절이 교차하는 중앙고 선수들의 모
습에서 '찰칵' STILL⋯ 스포츠 신문 한쪽을 차지한 사진과 기사.
'폭력으로 물든 고교 농구. 부산 중앙고 몰수패' 신문 기사에서
DISSOLVE

39. D. 부산 중앙고, 체육관

전 씬의 소음이 점차 사라지고 적막에 휩싸인 체육관.
낡은 천장 위 조명 하나가 나간 듯 깜박거리고,
한편에는 여전히 빗방울이 똑똑 떨어지고 있다.
그런 체육관 코트 한편에 멍하니 앉아 있는 강 코치.
그때, '쾅' 소리와 함께 문이 열리며 들어서는 사람들.

더벅머리, 빡빡머리와 부모들이다.

학부모1   당신, 코치 맞아?!!!

학부모에게 이끌려 들어오는 더벅머리, 빡빡머리 고개 떨구고…
강 코치, 보다가 가라앉은 눈빛으로 정중하게 고개 숙이는데…

학부모1   6개월 출전 정지라며! 당신이 뭔데 우리 애 앞길을 이렇게 막
          아?!
학부모2   얘기해봐. 우리 애 어쩔 거야?

강 코치, 입이 열 개라도 할 말이 없다. 그저 고개 숙이고 있다.

학부모3   우리 애들한테 다시 연락하기만 해봐. 가만있지 않을 테니까.
          가자.

풀 죽은 더벅머리, 빡빡머리와 함께 체육관을 나가는 학부모들.
가만히 고개를 떨구는 강 코치.

40. N. 부산 중앙고, 체육관 외경

불이 꺼진다.

41. N. 부산 중앙고, 체육관 중문 입구

문을 잠그고 뒤돌아서 가려는데 강 코치.

저 앞에 서 있는 학생(진욱)이 고개를 빼꼼 내민다.

강 코치   니 뭐꼬?

진욱   (힘차게) 안녕하십니까, 장차 중앙고의 미래를 책임질 제2의
             마이클 조던, 동아중학교 정진욱이라캅니더.

강 코치   (힘없는 얼굴로 보다가 가라며 손짓하는)

진욱   지금 위기에 빠진 중앙고 제가 내년에 다시 일으켜 세울 겁니
             다. 일단 제 실력을 한번 보여드릴….

강 코치   고마 됐다…. 가라….

진욱   힘내십시요, 코치님. (힘을 줘서) 부산 중앙고 화이팅!

강 코치   (천천히 고개를 들며 힘없는 목소리로) 가라…. 조단… 미국으로
             가라. 여 중앙고에는 미래가 없다….

밖으로 나가는 강 코치의 모습에서 화면 암전됐다가 밝아지면

42. D/N. 몽타주

(여름이 가고 가을이 오는 동안 아래의 그림들이 페이드인, 페이드아웃된다)

– 운동장에서 뛰어노는 아이들 속에 어깨가 축 처진 채 터벅터벅 걷고 있

는 기범의 모습이 보인다.

– 버스 안. 사람들 사이로 창가에 앉은 채 멍하니 밖을 보고 있는 규혁.

– 책가방을 멘 채 길을 걸어가는 강호.
문득 저쪽을 보면… 길거리농구를 하는 학생들의 모습이 보인다.
가만히 보다가 그냥 지나가는 강호.

– 수업이 한창인 교실. 강의하던 교사 분필을 집어 던진다.
책상에 엎드려 자고 있던 순규가 얼굴을 든다. 힘없는 눈.

43. N. 코치실

짐을 싸고 있는 강 코치. 덥수룩한 수염에 초췌한 얼굴이 그간의 마음고생을 말해준다. 이런저런 묵은 짐들을 정리하다가 서랍을 열어 물건들을 꺼내는 강 코치.
'강양현 인터뷰'라고 쓰여 있는 CD를 발견하고는 고개를 갸웃한다.

CUT TO 데스크탑에 CD를 넣는 강 코치.
스르르르 CD가 돌아가는 동안 서랍에서 노트 한 권을 발견한다.
꺼내 보면, 겉장에 괴발개발 쓴 글씨로 '농구 일기–부산 중앙고 강양현'이라고 쓰여 있다. 농구 일기를 펼쳐보는 강 코치. 빼곡히 쓰여 있는 글씨들.

그사이 모니터 화면에는 고교 시절 앳된 얼굴을 한 강 코치의 모습이 나온다.

자막 대회 MVP 부산 중앙고 3학년 강양현

아나운서   강양현 선수, 대회 최우수 선수로 뽑혔는데 소감 한 말씀 해
               주시죠.

양현   (감격에 겨워 눈물이 그렁그렁한 얼굴로) 코치 선생님께 감사드
               리고요. 저뿐만 아니라 우리 팀 선수들 상록이, 종명이, 원석
               이… 다들 너무 고생… (말을 못 잇는) 너무… 하… 진짜로 고
               생 마… 마이 했습니다. (눈물 콧물 흘리며) 우승은 진짜로 생각
               못 했는데… 감사합니다.

아나운서   지금 많이 감격스러워하고 있는데요. 앞으로 어떤 선수가 되
               고 싶은가요?

양현   지는 농구가 너무 좋습니더…. (유니폼으로 콧물 닦는다)

자신의 플레이에 대한 고칠 점과 느낀 점을 그림과 글로 써 내려간 농구
일기를 보던 강 코치, 어느 부분에 눈길이 머문다.

**[리바운드: 실수와 실패를 만회하려 다시 한번 기회를 얻는 것. 실패를 성공으로 바
꿀 수 있는 기술. 절대로 포기하지 말자!]**

아나운서   농구가 왜 좋은가요?

양현   모르겠습니다. (계속 울면서) 그냥… 농구…하는 기 좋아요. 이

기든 지든 애들하고 막 땀 흘리면서 신나게 뛰는 기… 좋습니다. 앞으로도 평생 이래 재밌는 거 신나게… (울고) 재밌게 하고 싶…. (급기야 북받쳐 엉엉 운다)

화면 속에 있는 지난날 자신의 모습을 가만히 보는 강 코치.
뭔가 울컥해지더니 눈물이 흐르기 시작한다. 밖으로 뛰쳐나가는 강 코치.
그 위로 음악 시작되며

44. N. 선창가

달빛 아래에서 씩씩대며 선창가를 달리는 강 코치.
눈물을 흘리며 힘차게 달리고 있다.

45. N. 기범의 집 앞

학원을 다녀온 듯한 교복 차림의 기범이 집으로 들어가려는데,
'기범아…' 하는 소리.

기범   (깜짝 놀라 옆을 본다) 헉! 뭐꼬?

어둠 속에 웅크리고 있던 형체는 강 코치다.

눈물 콧물 범벅이 된 얼굴.

강 코치   (울먹이는) 기범아, 내가 잘못했다. 내가… 틀렸다.

기범   (왜 이러는지 이해가 안 되는) 뭡니까? 지금… 우는 깁니까?

강 코치   (계속 울며 일어나는) 처음에… 중앙고 코치 맡았을 때 속으로 생각했다. '그래, 내 선수 생활은 좆됐뿌지만 농구 인생은 아직 안 끝났다. 그동안 내 무시했던 새끼들, 내를 깔보던 농구판에 한번 보여주자. 야 이 새끼들아, 이 강양현이 아직 안 죽었다!'

기범   (가만히 보는)

강 코치   맞다… 내가 느그들 이용해서 한풀이할라 그랬던 기다. 그 카다가 좆되고 나서야 알아뿌기다. 그거는 농구가 아니라는 걸….

기범   그래서요?

강 코치   (훌쩍거리며) 우리 다시 해보자. 내부터 바뀔게. 우리가 잘하는 거, 우리가 신나는 거, 우리가 미치는 거 그거 해보잔 말이다…. 농구….

기범   그럴려면 코치님도 바뀌고… (가만히 보다가) 저도 바뀌어야겠네요. 인제부터 저 혼자 열심히 안 할랍니다.

강 코치   ?

기범   같이할 깁니다. 애들하고.

강 코치   (눈물을 닦으며) 진짜로?

기범   (미소 지으며) 진짜로.

기범, 수락의 제스쳐로 두 팔을 활짝 벌리면 와락 안기는 강 코치.
기범의 품에 안겨 엉엉 운다.

기범   (토닥토닥 안아주며) 아이고 못났다… 못났어. 아무리 그래도
         그렇지 남자가 울면 됩니까….
강 코치   (안긴 채로) 좋아서 그런다… 좋아서….

그때, 쓰레기를 버리려 나오는 노인. 포옹하고 있는 두 사람을 보고 '아이
고' 하더니 도망치듯 황급히 다시 들어간다.
가로등 불빛 아래 미소가 퍼지는 강 코치의 얼굴 위로 경쾌한 음악 시작되며

46. D. OO고, 운동장

스크럼을 짜고 있는 럭비 선수들. '밀리면 안된다', '끄응'
물소 떼가 뒤엉키듯 힘겨루기 중이다.
스크럼하는 선수들 뒤로 쑥 빠지는 럭비공.
공을 들어 두 번의 패스와 함께 돌진하는 선수.
수비수들이 뛰어들어 넘어트리고 그 위로 덮치는 선수들.
모두들 뒤엉켜 짜부가 된다. 그 위로 삑하는 휘슬 소리와 함께 '10분간 휴식!'
깔려 있던 선수들, 하나둘씩 빠져나오면… 보호구를 착용한 강호와 순규다.

강 코치(소리) 정강호! 홍순규!

헉헉대던 두 사람, 소리가 들려오는 쪽을 바라보면 멀리서 손을 흔들고 있는 강 코치와 기범이 있다.

달려가는 강호, 순규.

순규, 강호   (반가운) 코치님!! 기범아!
강 코치   어때? 럭비 할 만하나?

순규, 강호 지들끼리 눈치를 보다가 속닥거린 뒤

순규   …(헬멧을 들어 보이며) 하이바가 너무 낑겨요.
강호   …공이 너무 작고 길쭉합니더.

빙그레 미소 지으며 두 사람을 바라보는 강 코치.

강 코치   역시… 공은 농구공만 한 게 없지?
강호   너무 보고 싶었습니다. 코치님.

47. N. 달동네

허름한 달동네 골목 이곳저곳을 오르는 강 코치, 기범, 순규, 강호의 모습들이 보인다.

48.N. 규혁의 집 앞

좁은 골목을 올라오는 네 사람.

골목 의자에 멍하니 앉아 있는 할머니를 지나 꼭대기에 위치한 규혁의 집 대문 앞에 선다.

그때, 덜컹하더니 안에서 초췌해 보이는 규혁 모가 밖으로 나온다.

문밖에 선 강 코치와 아이들, 규혁 모를 보자 꾸벅 인사한다.

그런 기범을 반갑게 보는 규혁 모.

규혁 모   기범이 아이가. 아이고 오랜만이네. 와 이래 오랜만에 왔노.
            (의아한 눈빛으로 강 코치 보는) 근데… 누구…?

49. N. 규혁의 집, 내부

허름하기 짝이 없는 단칸방.

여기저기 금이 간 창문. 곰팡이가 핀 벽지. 한쪽에 옷장도 없이 쌓인 이불, 옆에는 규혁 모가 일하는 미용실 용품들과 수건이 널려 있다.

한쪽 벽에 규혁이 초등학교 때 받은 농구 대회 상장과 초등학교 졸업식 때 엄마와 함께 찍은 사진 등이 벽에 붙어 있다.

생각보다 너무도 초라한 규혁의 집을 내심 놀라서 바라보는 강 코치와 선수들.

바로 옆 벽에 눈길이 가는 강 코치. 벽에는 희미한 농구 선수 르브론 제임스 판박이 스티커가 붙어 있다. 어린 규혁이 언젠가 붙였던 낡은 스티커를 가만히 보는 강 코치.

그때, 작은 쟁반에 믹스 커피와 음료수 등 주전부리를 담아 들어오는 규혁 모.

규혁 모   먹고살기 바빠갖고 코치 선생님 찾아뵙지도 못했네예.

강 코치   (바로 쟁반을 받아들며) 아이고 아입니더. 갑자기 찾아와서 저
             희가 죄송하지요.

규혁 모   우리 규혁이 발목 때문에 농구 그만두고 힘들어했었는데, 코
             치 선생님 덕분에 다시 농구를 시작하게 됐다고 얼마나 좋아
             하는지 모릅니다. 감사합니다. 코치님.

강 코치와 아이들, 지난 사정을 전혀 모르는 규혁 모의 말에 잠시 당황하
지만,

강 코치   아이고 아닙니다….

규혁 모   선생님… 우리 규혁이 거칠고 삐딱해 보여도 속은 참 깊은 압
             니다. 형편이 이래갖고 부모로서 어릴 때부터 제대로 해준 기
             하나도 없는 앤데, 발목 수술도 몬 시켜줘서 항상 아한테 죄
             진 마음뿐입니다.

강 코치   걱정 마십시오. 규혁이 잘하고 있습니다.

규혁 모   그래요?

강 코치   근데, 규혁이는 어데 나갔나 보지요.

규혁 모   바람 쐬러 간다캤으니까 아마 농구장 안 갔나 싶습니더.

강 코치   농구장요?

50. N. 수영만 야외 농구장, 일각

'퍽' 소리와 함께 나가떨어지는 규혁.

인적이 드문 근린공원, 농구 코트 뒤편. 덩치가 큰 학생들이 규혁에게 일방적으로 린치를 가하고 있다. 규혁, 한 학생의 다리를 잡고 반격을 꾀해보지만, 수적인 열세는 어찌할 수 없는 듯 다시 뒤로 나가떨어진다.

학생1   그러니까 좋은 말로 할 때 전에 얘들한테 받아 간 5만 원 내놓으라고 새끼야.

규혁   지들이 농구 못해서 져놓고 왜 이제 와서 이라는데!

학생2   이게 진짜 뭘 잘했다꼬 큰소리가! 니 솔직히 말해봐. 니 선출이지? 선출이 어디서 사기를 치노!

그때, 뒤쪽에서 들려오는 목소리.

강 코치(소리) 가 선출 아이다.

놀라서 뒤돌아보는 아이들. 보면 뒤에서 삐딱하니 선 강 코치와 기범, 순규, 강호다. 규혁, 멈칫해서 보는데…

강 코치	그 아 어딜 봐서 선출이고. 딱 농구 못하게 생겼는데.
학생1	아저씨, 조용히 가던 길 가이소.
강 코치	내 아저씨 아이다. 농구를 많이 좋아하는 청춘이다. (자신 있는 얼굴로 농구공을 튕기며) 어떻노, 일대일로 한판 할까?

51. N. 수영만 야외 농구장, 코트

'허허헉… 허허헉…' 바닥에 누워 거친 숨을 내뱉는 누군가.
다리에서부터 훑고 올라가면, 코트 위에 누워 헉헉대고 있는 강 코치다.
상대편 아이들은 이미 사라졌고 옆에 서서 기가 막힌 얼굴로 강 코치를 내려다보고 있는 기범과 규혁. 강호, 순규.

강 코치	(숨이 턱 끝까지 차서 헉헉대며) 이게… 내기… 농구의… 폐해다….
순규	…두 점 넣으셨습니다.
기범	…개망신이 따로 없네요.

겨우 숨을 가다듬으며 일어나 규혁을 보는 강 코치.

| 강 코치 | 규혁아. 내가 다 잘못했다. 그러니까… 우리 다시 시작해보면 어떻겠노? |
| 규혁 | (맘에 들지 않는 듯 인상을 쓴다) …. |

강 코치	싫나?
규혁	(무표정하게) 다시는 공 안 던질 겁니다. (강 코치를 비롯한 일동, 실망감이 역력한 표정인데) …심판한테요.
강 코치	(그제야 알아차리고 활짝 미소 지으며) 맞다맞다! 공은 우리 선수들한테 던져야지. 하하하….

진지하게 끄덕이는 규혁.
'규혁아!' 순규와 강호, 규혁을 얼싸안고 좋아한다. 기범도 싫지는 않은 눈치.

순규	(문득) 코치님, 근데 학교에서 허락을 해줄까요?
강 코치	하하하, 걱정 마라. 내가 교장 쌤하고 아삼육 아이가 아삼육!

자신만만한 얼굴의 강 코치.

52. N. 교장의 집 앞/안

주택가 골목. 오래된 2층 양옥 앞에 무릎 꿇고 있는 강 코치.

강 코치	(고래고래) 교장 선생님요, 제발 부탁입니더! 제가 죽일 놈입니다! 애들 미래를 봐서라도 한 번만 기회를 더 주십시오. 교장 선생님요~~!

근처 주민 두세 명, 짜증 나는 얼굴로 창밖으로 고개를 내밀어 강 코치를 보고.

강 코치   (아랑곳하지 않고) 교장 선생님요. 애들은 아무 잘못 없습니다. 우리 농구부 한 번만, 딱 한 번만 기회를 더 주십시오! 혹시 제가 지난달에 공익도 끝난 거 땜에 코치 월급 주는 거 걱정 되시면 안 주셔도 됩니다! 모교를 위해서 봉사하겠습니다!!

러닝셔츠 차림의 50대 남자가 집 밖으로 나와서 강 코치를 보다가…

50대 남   (교장의 집 쪽을 향해) 보소! 어데 학교 교장 선생님인지 모르겠 는데요. 한 번 기회를 줍시다! 예? 사람 잠 좀 자자고요! 교장 선생님요~~

[집 안]
불 꺼진 거실 커튼 사이로 밖을 내다보던 사모.
소파로 다가오면 잠옷 차림의 교장.

사모   여보, 그냥 함 봐주면 안 됩니꺼? 동네 챙피해서 얼굴을 못 들고 다니겠어요. 벌써 며칠짼지….

두 사람이 얘기하는 사이에도 밖에서 계속 들려오는 강 코치와 50대 남의 목소리. '교장 힐배요~ 내 얘기 듣고 있지요? 듣고 있는 거 다 압니다아!

거기 청년 어데 학교요?', '농구 명문 중앙곱니더', '중앙고 교장 할배요~
눈 딱 감고 한 번 기회를 주입시더! 그리고 내도 인제 잠 좀 자자꼬요!'

교장   (잔뜩 짜증이 나는 얼굴로) 하아… 당신이 대신 나가서 얘기해.
         알았으니까 인제 집에 가라고.
사모   여보… 그럼?
교장   (짜증 섞인) 아, 농구하라고 얘기하라고.

잔뜩 짜증이 난 교장(뒤쪽으로 달마대사 그림)의 얼굴 위로 강 코치의 목소리.

53. D. 부산 중앙고, 체육관

강 코치 앞에 도열해 있는 선수들.

강 코치   (뻔뻔하고 환한 미소로) 예상대로 우리 농구부에 대한 교장 선
         생님의 전폭적인 지지가 있으셨다. 인제부터는 각자 잘 맞고,
         또 잘할 수 있는 거를 집중적으로 연습할 기다. 그렇게 6개월
         하고, 신입생 들어오믄 내년 봄, 협회장기 나가는 기다. 우리
         의 목표는 협회장기 예선 통과. 다시 말해 본선 진출이다.

'본선 진출'이라는 구체적인 목표에 전의를 불태우는 선수들.

강 코치	(사이) 먼저 순규랑 강호. 둘이는 골 밑 몸싸움과 리바운드 연습부터 한다. 골 밑에서 찬스가 나면 지체 없이 슛하는 기다.

눈이 동그래지는 두 사람. 곧 얼굴에 퍼지는 함박웃음.

순규, 강호	진짭니까?
강 코치	(끄덕이고) 인제부터 너그들이 중앙고 센터고, 파워 포워드다.

신이 나서 키득거리는 순규, 강호.

강 코치	규혁이는 발목이 좀 약하니까 재활을 병행하믄서 외곽 슛 연습을 위주로 훈련하고. 그카고 기범이 니는 슛하고 싶으면 슛하고, 패스하고 싶은 곳에 패스해라. 단, 애들의 움직임을 봐라.

54. D. 코치실

여행용 가방을 여는 강 코치. 수북한 문서 자료들, 그리고 CD들.
엄청난 분량이다.

강 코치	여기 있는 내용들 숙지하고, 눈 감고도 그려지게 만들어라. 그게… 포인트 가드다.

기범, 그중 하나를 들어 보면… 빼곡히 적혀 있는 팀원들의 기록.

강 코치   니 눈빛 하나에, 니 손짓 하나에, 니 지시 하나에, 모든 걸 믿
          고 따르는 기… 같은 팀 동료들이다. 글마들, 지난 4개월 연
          습 기록한 거다. 기범아….
기범   (노트에서 눈을 떼고 강 코치를 보면) …예?
강 코치   경기 전체가 니 머릿속에 못 그려지면… 글마들의 노력은 헛
          수고가 된다.

강 코치의 말에 결의에 찬 얼굴로 끄덕이는 기범.

55. D. 몽타주

– 공격 전술 훈련을 하는 아이들.
모두들 전과는 다른 열의에 찬 표정으로 플레이한다. (콘티 참조)
그 뒤로 선수들의 움직임을 보며 전술 노트를 쓰는 기범.
그런 모습을 먼발치에서 흐뭇하게 지켜보는 강 코치.

– 전술 훈련 중인 선수들(기범 합류)의 모습에서 카메라, 서서히 뒤로 빠지
면… 눈발이 날리기 시작하는 체육관 앞 현관.
카메라, 더 빠지면 어느새 수북이 쌓인 눈밭에 일렬로 서 있는 중앙고 선
수들의 눈사람들(각자의 개성을 살릴 것).

학교 수위가 빗질로 눈을 쓸어내며 카메라 앞으로 지나가면…
어느새 다시 봄으로 변한 체육관 앞.

56. D. 부산 중앙고, 교문 앞

'중앙고등학교 2012년도 신입생의 입학을 환영합니다'란 플래카드.
그 위로 '느그들이 이번에 우리 농구부 입단 신청한 아들이가?' 하는 이 선
생의 목소리.

57. D. 부산 중앙고, 체육관

강 코치와 이 선생, 기범, 규혁, 순규, 강호가 코트 쪽을 바라보고 있다.
맞은편에는 두 명의 신입생이 서 있다.
조금은 경직돼 있는 진지한 얼굴의 허재윤과 어딘지 낮이 익은 신입생
은…
씬 41의 학생, 정진욱이다.

강 코치   니는… (생각이 나는) …조단?
일동   ?
진욱   (넉살 좋게) 안녕하십니까? 장차 중앙고의 미래를 책임질 제2
           의 마이클 조단 농구 천재 정진욱입니다.

강 코치	(무시하듯 고개를 돌려 재윤에게) 니는?
재윤	허재윤이라 캅니다. 초등학교 4학년 때부터 농구팀에서 뛰었습니다.
진욱	(끼어들며) 지는 선수로 뛰어본 적은 없지만 열정 하나만큼은….
강 코치	(말 자르고 재윤에게 공 던지며) 허재윤이라고 했지? 니 먼저 함 해봐라.

다들, 기대되는 눈빛으로 재윤을 본다. 긴장한 눈빛의 재윤, 심호흡을 한 뒤 공을 드리블해 골대로 들어가려 하는데 바닥에 튀긴 공이 엉뚱한 곳으로 가버린다. '엥…' 하는 눈빛.

– 여전히 엉성한 재윤의 드리블. 숏을 쏘는데 턱도 없는 에어볼이다.

– 계속되는 재윤의 노골 퍼레이드. 너무나 진지한 재윤의 표정이 안쓰러울 지경이다. 사람들은 어떤 표정을 지어야 할지 모르겠는 표정으로 보다가

강 코치	그만!
이 선생	(기가 막힌) 진짜… 농구팀에서 뛴 게 맞나?
재윤	(풀 죽은) 예….
강 코치	지금까지 경기에 몇 번 나가봤노?
재윤	한 번…도 몬 나갔습니다. 근데요. 지 진짜 농구 너무 좋아합니더. 농구팀에 꼭 들어가게 해주이소.

강 코치, 그런 재윤을 보다가 다음 차례인 진욱에게 공을 건네며

강 코치   다음….

진욱, 공을 가지고 코트로 향하는데 기대치가 떨어진 듯 별반 감흥 없는 눈빛으로 보는 사람들의 귓가에 들려오는 '탕탕탕' 경쾌한 드리블 소리. 꽤 수준급의 실력으로 드리블해가는 진욱. 3점 슛 라인에서 슛을 쏘는데, 깨끗하게 골인. 중거리 슛, 골밑슛, 레이업 슛, 모든 슛을 쏘는데 슈팅 자세를 비롯한 모든 폼이 깨끗하다. 골이 터지고 깡충깡충 뛰며 즐기는 진욱. 의외다. 지켜보는 강 코치의 입가에 미소가 퍼지고 다시 음악과 함께

58. D/N. 몽타주

- 체육관 안 화분에 떨어지는 빗방울.
화분에는 어느새 파란 싹이 돋아나 있다.

- 보드판 앞에 모여 강 코치의 전술 설명을 듣는 선수들.

- 규혁과 기범의 콤비 플레이로 멋진 득점에 성공하고 (콘티 참조)
기범과 규혁, 서로에게 만족스러운 얼굴로 서로에게 다가가며 얼떨결에 하이파이브를 하려다가… 어색해져서 다시 스쳐 지나간다.

– 고깃집. 불판 위의 고기를 신나게 먹고 있는 선수들.
'여기 고기 6인분 더 주세요'
카운터 앞의 강 코치. 카드를 내밀며 '24개월 할부도 됩니까?'

– 체육관 내 다용도실. 돌아가는 세탁기 옆에 쭈그리고 앉은 채
진욱에게 전술 노트를 보여주며 설명하는 기범.

– 아침. 미역을 말리는 해안가를 달리는 중앙고 선수들.

– 바다 위로 난 기다란 다리를 뛰어가는 선수들.
먼바다가 펼쳐진 다리 끝에 다다라 숨을 헐떡이며 함성을 지른다.

– 슛을 쏜 뒤, 진지한 얼굴로 궤적을 쫓는 재윤. 노골.
다시 슛– 노골. 그런 재윤에게 슛 동작을 가르쳐주는 기범.
기범에게 배운 슛 동작으로 슛을 쏘는 재윤… 기대하는 기범과 강 코치.
그러나… 노골. 아쉬워하는 표정의 강 코치.

– 기범의 방. 컴퓨터 앞에 앉은 기범.
아이들 영상 CD를 보며 전술 노트를 정리하고 있다.
문밖에서 그 모습을 흐뭇하게 바라보고 있는 기범 부모.

– 전지현 입간판이 세워져 있는 호프집 앞.
주인에게 입간판을 가리키며 뭐라 말하는 강 코치.

- 체육관. 전지현 입간판에서 카메라, 빠지면… 이효리, 싸이, 김연아 등의 입간판들이 적당한 간격을 두고 코트 위에 세워져 있다.
세워진 입간판들 사이를 뛰며 플레이 연습을 하는 선수들.

강 코치(소리)   공격도 같이 수비도 같이. 상대 팀보다 한 발 더 뛰고 한 번 더 점프해야 한다. 우리 팀 누가 뚫리건 누가 패스를 못 받건 다 함께 그 실수를 메꿔줘야 되는 기다.

입간판 사이로 포지션을 이동하는 선수들에게 소리치며 주문하는 강 코치.
'강호야, 니는 전지현 뒤쪽으로 돌라고! 규혁이는 싸이를 박스 아웃하고 김연아 뒤로 빠져라!', '이효리는 진욱이가 마크하고'

- 밤, 나란히 길거리를 걸어가는 기범, 규혁, 순규, 강호, 진욱, 재윤의 모습.
'난 그냥 갈란다', '한 명이라도 빠지면 안 되지', '맞다. 코치님이 뭐든 같이 해라 했다' 대화들 오고가는데…

강 코치(소리)   그칼라면 상대 팀보다 두 배는 힘들 꺼다. 하지만 할 수 있다. 우리는 한 팀이니까.

- 밤, 피시방. 나란히 앉아 게임 삼매경에 빠진 아이들.
신나서 키보드질을 하고 있는데… 가장 마지막에 앉은 규혁, 시선을 느낀다.
멈칫… 옆의 순규를 툭툭 치고 헉… 차례로 옆의 강호, 기범을 치면 놀라서 앞을 본다. 무슨 생각인지 모를 무표정한 강 코치다.

어색하게 서로를 바라보고 있고…

– 동장소. 강 코치까지 일곱 명이 신나게 게임을 하는 모습.

강 코치(소리) 서로 눈빛만 봐도 알 수 있도록 눈뜰 때부터 잠들 때까지 같
            이 행동한다. 옆의 시커먼 새끼가 소녀시대라고 생각하고 꿈
            속에서도 계속 생각해.

59. N. 부산 중앙고, 체육관 앞/안

체육관 앞으로 들어오는 봉고차.

차에서 내리는 강 코치. 간식 봉지를 들고 체육관으로 걸어간다.

중문을 밀고 안으로 들어가려다 코트 위 선수들을 가만히 보는 강 코치.

골대 밑에서 서로 버티고, 뒤에서 밀어주는 순규와 강호.

진욱과 패스 연습하는 기범. 3점 슛 연습하는 규혁.

규혁의 곁에서 뭔가 계속 진지하게 묻는 재윤. 답하며 슛하는 규혁. 노골.

그걸 본 순규, 갑자기 "어이 배규혁이 골 못 넣었다. 그럼 다시 한다. 될
때까지 다시 한다" 하고 예전 강 코치 흉내를 낸다. 낄낄대며 웃는 아이들.

규혁마저도, 엷게 피식–

훔쳐보던 강 코치. 기분이 나쁘지만 나서지도 못하고. 인상을 쓰면서 뒤돌
아 나가려는데… 저 앞에서 못마땅한 얼굴로 강 코치를 보고 있는 교장.

강 코치, 수줍게 배시시 웃으며 인사하지만 무표정한 얼굴로 보던 교장.

교장   이래갖고 뭐가 달라지는데? 농구해본 적도 없는 애들 데려다
      가 한 번이라도 이겨본다꼬? 설사 한 번 이겼다 쳐도 느그들
      인생이 뭐가 달라지는데⋯ 고마 치아뿌라.

하고는 대답할 사이도 없이 뒤돌아 가버리는 교장.
그 위로 고적대의 음악 소리.

60. D. 몽타주

- 원주 치악체육관 앞.
최고 규모의 전국 대회에 걸맞게 각 학교의 대형 버스들과 선수 및 관계자
들로 북적거리고 있다.
대형 버스 사이에 낑겨 있는 듯한 중앙고의 봉고차(노란색 다마스).
그 안에 낑겨 있던 중앙고 선수들이 하나둘씩 힘겹게 내리고⋯

- 코트 위를 오가며 연주하는 고적대.
신나고 화려한 음악에 어울리지 않게 한산한 관중석.
가장 중앙에 걸린 화려한 대형 플래카드. '용산고, 올해도 우승하자!!'

-고적대가 사라진 자리. 학교 이름이 적힌 나무 팻말 뒤로 줄지어 늘어선
고교 선수들. 다들 십여 명에서 최대 수십 명까지 한 팀을 이루고 있는데
그중 유독 눈에 띄는 달랑 여섯 명뿐인 중앙고 농구부.

기범을 선두로 규혁, 순규, 강호, 진욱, 재윤이 서 있다.

자막 2012년 5월 4일, 협회장기 전국 농구 대회 개막

농구 선수들 대오 제일 앞,
유니폼에 새겨진 '용산고등학교' 여섯 글자. 체육관 안 그 어떤 고등학교
선수들보다 당당하고 멋지다. 그들 중 준영의 모습이 보인다.
그들 제일 앞에서 마이크를 잡고 선서 중인 씬 38의 용산고 9번 선수.
'협회장기 전국 고교 농구 대회에 참가함에 있어 정정당당하고 최선을 다
하는 플레이를 할 것을 선서하는 바입니다. 선수 대표 용산고 허훈'
그런 용산고 선수들의 뒷모습을 보는 중앙고 아이들의 눈빛에서 결기가
느껴지는데… 그 위로 '삐' 경기 시작을 알리는 부저 소리.

61. D. 원주 치악체육관

공중을 가르는 순규의 손. 그러나 상대 선수가 먼저 공을 쳐 낸다.
뒤에서 받아내는 상대편. 신안고의 공격이 시작된다.

자막 2012. 05. 05 예선 제1경기 부산 중앙고 vs 신안고

긴장하는 강 코치의 얼굴 위로 소리.

강 코치(소리)   신안 6번. 전반에는 좌측으로 파고드는 습관이 있다.

좌측으로 뛰어드는 신안고 6번. 갑자기 눈앞에 나타나는 바윗덩어리.
양팔을 들고 길목을 지키고 선 강호. 멈추기 늦은 신안고 6번, 그대로 강
호의 가슴팍을 들이받는다. 하지만 쓰러지는 건 신안고 6번. '삐~' 호각
소리.
심판, 신안고 6번에게 오펜스 파울을 준다.
'좋아!' 잘하고 있다는 듯 박수를 치며 아이들을 격려하는 강 코치.

중앙고의 공격.
순규를 시작으로 규혁, 기범으로 이어지는 패스.
자기만의 템포로 드리블해 들어가는 기범.
그 위로 강 코치의 목소리.

강 코치(소리)   신안고 수비 기본은 1-3-1. 그중 왼쪽을 맡는 선수가 돌발
              상황 대처에 부족하다.

공을 몰고 들어가는 기범. 동시에 상대 선수들의 잔상이 빠르게 움직인다.

기범(소리)   24번이 시야를 가리지만, 바로 뒤에 1번이 숨어 있다….

이제 중앙고 선수들을 보는 기범. 역시나 시뮬레이션되는 움직임.

기범(소리)   저쪽에선 진욱이, 강호로 이어지는 패턴을 예상할 거고—

시뮬레이션 중, 갑자기 움직이는 규혁의 잔상.
갑자기 롱패스를 날려버리는 기범. 규혁의 잔상— 실제 규혁이 되고.
움직이며 달려 나왔던 규혁. 공중에서 볼을 받고 그대로 슛…

62. D 부산 중앙고, 교무실

전 씬의 코트와는 정반대로 조용한 분위기의 교무실.
교감은 한쪽에 비치된 탁자 위에서 믹스 커피를 타고 있다.
선생1은 책상에 앉아 뒤로 머리가 넘어갈 정도로 졸고 있다.
조금 떨어진 곳에 앉은 선생2, 서류를 유심히 살펴보고 있다.
자기 자리에 앉아 있는 이 선생. 한쪽 다리를 달달달 떨며 초조한 얼굴로
벽시계를 보다가 도저히 못 참겠다는 듯 어디론가 전화를 건다.

이 선생   (소곤거리는) 거기 치악체육관이지요? 아, 예. 수고 많으십니
           다. 여기 부산 중앙곤데요. 뭐 좀 여쭤볼라꼬예. (사이) 혹시
           부산 중앙고 경기 우째 됐는지 좀 알 수 있을까예? (사이) 예,
           지금 막 끝났스요? (사이) 예? (실망스러운 표정이 되는) 85대…
           42요…? (속상한) 그렇게나 차이가 마이 났습니까…? (사이)
           예… 예?

하다가 '예?' 큰 소리로 놀라며 자리에서 벌떡 일어나는 이 선생.

그 기세에 의자도 '쾅' 뒤로 넘어진다.

놀라서 믹스 커피 흘리고 뜨거워서 죽으려고 하는 교감.

선생1도 놀라서 자다가 벌떡 일어서고, 선생2도 놀라 보는데…

자빠진 자세로 믿기지 않는 표정의 이 선생, 입가에 환희의 미소가 퍼진다.

63. D. 원주 치악체육관

애써 감춰보려 하지만 승리의 기쁨과 안도가 교차하는 강 코치의 눈빛을 쫓아가보면 전광판. '중앙고 대 신안고 85 : 42' 일방적인 승리다.

이기고 벤치로 돌아오는 땀으로 범벅이 된 기범, 규혁, 순규, 강호, 진욱.

아직도 숨이 거칠지만, 얼굴은 밝기만 하다.

함박웃음을 지으며 하나둘씩 강 코치에게 다가와 하이파이브를 하고 지나가는 아이들.

역시 기쁨을 감추지 못하는 재윤, 수건과 음료수를 건네주며 좋아하고…

담담한 얼굴로 첫 승리를 기뻐하는 강 코치와 신난 중앙고 선수들.

64. D. 원주 치악체육관, 내부 화장실

세면대 앞의 강 코치. 거울 속의 자신을 물끄러미 보다가 흥분을 억누를 수 없는지 기쁨과 환희의 댄스를 춘다.

그때, 변기 칸에서 물 내리는 소리와 함께 나오는 남자는… 신안고 코치다.
불쾌한 표정의 신안고 코치, 강 코치를 째려보다가 나가면, 다시 신나게
기쁨의 춤을 추는 강 코치.

65. D. 원주 치악체육관

각자의 벤치에서 센터써클을 향해 양쪽에서 다가서는 중앙고와 제물포고
선수들. 중앙고 선수들을 보며 다가오는 제물포고, 눈빛들이 날카롭고 덩
치도 좋아 보인다.

자막 2012. 05. 06 예선 제2경기 부산 중앙고 vs 제물포고

강 코치(소리)   제물포고는 격한 플레이를 하는 팀이고 체격 또한 좋다.

센터써클 점프볼을 준비하면서 서로를 바라보는 선수들의 모습 위로

강 코치(소리)   1차전, 기범이랑 규혁이가 각각 26점을 기록했다. 분명 두 사
람을 집중 마크할 꺼다.

– '쾅' 소리와 함께 바닥으로 나뒹구는 기범.
놀라서 일어서는 강 코치. '삐~' 휘슬을 불며 달려와 상대편 선수에게 파
울을 선언하는 심판. 다른 선수들도 놀라 모여드는데,

기범, 괜찮다는 수신호를 하며 침착한 얼굴로 일어선다.

– 규혁 역시 상대편의 거친 플레이에 휘청하고, 열 받은 눈빛으로 울컥하지만 다시 침착한 눈빛으로 돌아와 플레이를 이어간다. 이어지는 숫, 골인.

– 리바운드를 따내는 강호. 기범에게 패스 속공, 드리블해 들어간다.
빠르게 규혁을 밀착 마크하는 제물포고. 기범, 규혁에게 패스하는 척하다가 진욱에게 패스한다. 진욱, 깨끗하게 숫, 골인.

– 계속되는 진욱이의 골, 골, 골.

강 코치(소리) 상대편의 플레이에 말려들면 안 된다. 우리만의 전략으로 침착하게 경기를 이끌어야 해. 규혁이, 기범이한테 수비가 몰리면 진욱이한테 찬스가 올 꺼다.

– 전광판 비추면 '77 : 49' 점점 점수 차가 나기 시작한다.
게다가 4쿼터. 게임을 지켜보는 강 코치의 눈빛에 여유가 생기기 시작한다.
다시 공격권을 따내는 중앙고. 드리블해 들어가는 기범.
강 코치의 시선이 그런 기범을 쫓는데 순간, 공과 전혀 상관없는 쪽에서 들려오는 '쿵' 하는 소리.
강 코치 놀라서 바라본다.
'삐이!' 심판의 휘슬 소리의 여운이 이어지는 가운데 모여드는 중앙고 선수들 사이 코트에 쓰러진 채 일어나지 못하는 선수, 바로 진욱이다.

놀라서 바라보는 강 코치.

코트로 뛰어온 구급 요원의 부축을 받으며 벤치로 다가오는 진욱.

걱정스러운 듯 그 뒤를 좇아오는 중앙고 선수들.

벤치에 진욱을 앉히는 구급 요원. 그런 진욱에게 다급히 다가가는 강 코치.

강 코치   (진욱 보고) 괜안나? (구급 요원에게) 어떻습니꺼?

구급 요원   더 이상 경기는 무립니다.

구급 요원의 소리에 강 코치도 중앙고 선수들도 모두 낯빛이 얼어붙는다.

진욱   (통증에 제대로 몸도 피지 못하면서) 아닙니더! 뛸 수 있습니더!

선수들도 강 코치도 어찌할 바를 모르는 눈빛.

관중석 술렁이고… 심판, 다가온다.

진욱   코치님! 뛸 수 있습니더!

일어나려 하지만 다시 주저앉는 진욱.

그런 진욱을 떨리는 눈빛으로 바라보던 강 코치, 침착해야 한다.

마음을 다잡다가 가라앉은 목소리로

강 코치   허재윤, 준비해라.

기범, 규혁, 순규, 강호 멈칫해서 강 코치를 본다.
재윤 역시 사색이 된 낯빛.

재윤   (겁이 나는) 제가…요?
강 코치   여기 니 말고 누가 더 있나?

재윤도 다른 선수들도 모두 불안한 눈빛으로 강 코치를 본다.

강 코치   2분 남았다. 어차피 이긴 경기야. 다들 부담 갖지 마. 알았나?

-'삐' 울리는 심판의 휘슬. 다시 속개되는 경기.
마음을 다잡을 새도 없이 코트로 돌아온 아이들.
눈앞이 뱅글뱅글 도는 것 같은 재윤.
공을 몰고 들어가던 기범, 2분만 버티자. 계속 패스를 돌리며 시간을 벌려
고 하지만, 제물포고 선수들 더욱 압박해 들어온다. 재윤만이 수비수 없이
홀로 떨어져 있다. 그런 재윤에게 패스하는데 뒤늦게 놀라 손을 뻗는 재
윤. 그 손을 맞고 떨어지는 공. 얼른 주운 제물포고, 속공.
레이업 슛, 득점.
동시에 '삐' 울리는 종료 부저. 강 코치도 아이들도 보일 듯 말 듯 안도의
한숨. 서로 잘했다고 툭툭 격려한다. 재윤에게도 다가가는 기범, 어깨를
툭 치는데 힘이 빠지는 듯 그 자리에 주저앉는다.

66. D. 정형외과, 복도

굳은 눈빛으로 다급히 뛰어 들어오는 이 선생.
저 앞쪽에 어두운 눈빛으로 주르르 앉아 있는 중앙고 아이들.
이 선생을 보자 발딱 일어서서 묵례.

이 선생   어찌 됐노?

그때, 안쪽 문이 열리면서 나오는 강 코치. 뒤쪽에는 어깨부터 몸통까지
붕대를 감은 어두운 낯빛의 진욱.
강 코치, 이 선생을 보고 멈칫하다가 묵례한다.

강 코치   오셨습니꺼
이 선생   뭐라 카드노.
강 코치   …쇄골부터 쭉 나갔답니더. 남은 경기 모두 못 나간다카네요.
진욱   …나갈랍니다.

일동, 진욱을 본다.

진욱   (눈물 글썽이는) 행님들이랑… 더 농구하고 싶은데… 나가면
             안 됩니까?

우는 진욱을 안타깝게 보는 일동.

강 코치, 애써 밝은 낯빛으로

강 코치   누가 하지 말라나. 오래오래 농구하자. 그랄라카믄 다친 몸
                잘 고쳐놔야지. (규혁에게) 그라고 온 김에 규혁이 니 발목도
                좀 보고 가자.

규혁   괘안습니더.

강 코치   안 된다. 지금은 괜찮을지 몰라도 교체 없이 두 경기를 연속으
                로 뛴 거 아이가. 발목에 과부하가 왔을 수도 있다. 보고 가자.

규혁   진짜 괜찮습니다. 안 좋으면 제가 먼저 하자카지 와 빼겠습니
                꺼? 빨리 가서 쉴랍니다.

하며 아무렇지도 않게 걸어가는 규혁.
그런 규혁의 모습을 보다가 다시 고개를 돌려 걱정스런 얼굴로 진욱을 보
는 강 코치.

강 코치   정진욱! 고마 울어라. 사내새끼가 어데 남 앞에서 눈물을 보
                이노! 참 못났다. 못났어….

하다가 기범과 눈이 마주친다.
속을 들여다보는 기범의 눈빛에 쪽팔린 듯 외면하는 강 코치.

67. N. 숙소, 강 코치 방

말없이 마주 앉아 있는 강 코치, 이 선생.
옅은 한숨으로 강 코치를 보던 이 선생, 천천히 입을 연다.

이 선생   우짤끼고? 교체 멤버 없이는 시합해보나 마나 아이가.

강 코치   ….

이 선생   거다가 허재윤이는 기본적인 플레이도 안 되는 아고, 글마로
              숫자 맞춰봤자 사실상 4대 5로 싸워야 된다는 얘긴데 시합이
              되겠나.

강 코치   (한숨을 쉬는) ….

68. N. 숙소, 선수들 방

불 꺼진 방에 자리를 깔고 잠들어 있는 선수들.
맨 구석 창가에 등을 돌린 채 누워 있는 진욱, 소리 죽여 흐느끼고 있다.
그리고 역시 어둠 속에서 잠 못 이루는 기범.

69. D. 원주 치악체육관

관중석. 대형 플래카드 옆에 자리하는 넥타이를 맨 아저씨 한 명.

옆구리에 스케치북 하나를 끼고 있다.

그런 코트로 나서는 강 코치와 중앙고 아이들.

기범, 규혁, 순규, 강호 들고 들어온 짐들을 벤치에 정리하는데

한쪽에서 유독 긴장해서 덜덜덜 떨고 있는 재윤을 붙잡고 얘기하는 강 코치.

강 코치   숫, 패스 자신 없으면 하지 마라. 뭐만 하라꼬?

재윤   (덜덜) 기범이 햄이 시키는 선수… 밀착 수비만….

강 코치   니가 그것만 해주면, 우리가 이긴다. 문제 있나?

재윤   …없습니더!

등을 토닥여주는 강 코치. 그리고 그 곁, 선수들을 보는 진욱의 풀 죽은 얼굴.

잠시 보던 기범, 진욱에게 다가간다. 그러자 다시 생글거리는 진욱.

기범   이 등신아. 짜증 나면 짜증 내고, 아프면 아픈 척해라.

진욱   햄이 더 등신처럼 아파 보이는데요. 힘도 다 빠져 보이고.

기범   (피식 웃으며) 이 쉐끼 이거. 첨 들어왔을 때부터 중앙고의 미
          래니 어쩌니 그카더니 여전히 까불랑거리네. …니 같이 뛰고
          싶제?

진욱   (금방이라도 눈물이 주르륵 흐를 것 같다) 미안해서 그랍니다. 내
          땜에 행님들 너무 힘드니까….

기범, 진욱을 가만히 보다가

기범   (아이들에게) 잠깐들 와봐라.

아이들이 오는 사이, 팔목 파스 위에 뭔가를 쓰는 기범.

기범   진욱이도 같이 뛰는 거다.

팔을 들어 보이는 기범. 파스 위의 글씨, 'No.4 정진욱'
순규에게 매직을 주는 기범. 순규도 파스 위에 'No.4 정진욱'을 쓴다.
돌아가며 붕대나 파스에 진욱의 이름을 쓰는 아이들. 감격해서 보는 진욱.
손을 내미는 기범에게 진욱이 기를 불어넣듯 촥- 하이파이브를 한다.
강 코치는 이 모습을 흐뭇하게 바라보고 있다.

기범   (나가다 돌아서며 진욱에게) 농구 천재! 니 꺼까지 30점만 넣을게.
진욱   40점!

피식 웃고 코트로 가는 기범과 선수들.

기범   (박수를 치며) 끝까지 달려보자!!

울컥한 눈빛으로 형들을 바라보는 진욱.
준비가 끝난 선수들, 몸을 풀기 위해 코트로 나가는데…
그 뒷모습을 바라보는 강 코치의 긴장된 눈빛.

CUT TO 서로 어깨동무하고 모인 중앙고 아이들.

기범	쟤네 센터, 포워드 다 전국구다. 순규, 강호! 자신 있제?
강호	전국구 별거가. 자신 있다.
기범	재윤이, 저 팀 28번. 어디로 뛰건 그림자처럼 잡아라.
재윤	알겠습니더!
기범	배규혁이. 진욱이 빠진 거만큼 우리가 넣어야 된다.
규혁	(악의 없는) 니나 잘해라. 자식아.
기범	진욱이 보고 있다. 실망시키지 말자.

'하나 둘 셋, 파이팅!' 결의에 찬 눈빛으로 몸을 일으키는 선수들의
모습 위로 '삐' 부저가 울린다.

코트에 서서 자리를 잡고 있는 기범, 규혁, 순규, 강호, 재윤.
아까 진욱에게 보여줬던 미소는 점차 사라지고 긴장감이 감돌기 시작한다.
그런 아이들의 시선에서 보이는 상대 팀, 한성부고 선수들.
거의 용산고급의 신장, 단단한 체격들이다. 그런 모습 위로

자막 2012. 05. 08 예선 제3경기 부산 중앙고 vs 한성부고

- 체격이 좋은 한성부고 센터 위로 점프볼을 따내는 순규,
순규의 공을 받은 기범이 선공을 시도하다 센터에 의해 막힌다.

– 한성부고의 이어지는 공격, 재윤이 필사적으로 기범이 마크하라고 한 선수를 막는다.

– 한성부고의 연속 득점, 밀리는 듯한 중앙고.

– 텅… 림을 맞고 튀어나오는 공.

한성부고 선수들과 순규, 강호 동시에 뛰어오른다.

튀어나온 공은… 누군가의 손끝에 맞고… 다시 툭툭 튀어 오르다가 떨어진다. 바로 그때 솟구치며 공을 잡는 손. 기범이다.

기범이 공을 잡는 동시에 상대편 골대로 전력 질주하는 규혁.

기범의 롱패스가 코트를 가로지르며 규혁을 향해 날아간다.

전력 질주하던 규혁. 점프하며 공을 잡아내고… 바로 수비를 현란한 드리블로 제치며… 슛!

70. D 부산 중앙고, 교실

수업이 진행 중인 교실. 칠판 가득 수학 공식을 적고 있는 선생3.

'이렇게 공식을 대치시키면 x의 값은…' 하고 있는데

교실 뒤편에서 들려오는 '우어어어어어' 놀란 함성.

선생3도 학생들도 '뭐야?' 하고 의아하게 보면 디엠비로 몰래 농구 경기를 시청 중이었던 듯한 더벅머리다.

71. D. 원주 치악체육관

'삐…' 시합 종료를 알리는 부저 소리의 잔향이 남은 체육관.

이때부터 슬로우.

코트의 기범, 규혁, 순규, 강호, 재윤. '헉헉…' 지친 얼굴로 거친 숨을 내쉬며 가만히 코트를 둘러본다. 자기 벤치로 돌아가는 한성부고 선수들.

힘없는 어깨, 지친 얼굴의 중앙고 선수들에서 카메라 전광판을 비추면…

'중앙고 대 한성부고 69 : 58'

중앙고의 승리다. 그제야 화면 정속으로 돌아오며 현장음 커지면 함성 소리들.

관객석의 넥타이 맨 아저씨, 미친 듯 좋아하며 옆구리에 끼고 있던 스케치북 열어 흔든다. 검은 매직으로 적혀진 '사랑한데이! 중앙고 문디들아!'

벤치의 진욱, 터지는 울음을 꾹 참고 선수들을 바라보고 있다.

진욱   (믿기지 않는 혼잣말로) 전승 예선 통과….

강 코치, 감격에 겨운 얼굴로 선수들을 향해 뛰어간다.

강 코치   본선 진출이다아!

72. D. 부산 중앙고, 복도

손들고 무릎 꿇고 있는 더벅머리, 눈가에 눈물이 글썽거리고 있다.

73. D. 원주 치악체육관

'이기 꿈이가 생시가!' 서로를 부둥켜안고 감격스러워하는 중앙고 선수들과 강 코치.
그 모습을 보던 소수의 카메라 기자들, '누가 보면 우승한 줄 알겠네' 하며 철수하기 시작하는데 그 옆에서 코트를 지켜보던 기자1, 한 카메라 기자에게 눈짓하고 뭐라 얘기하자 마지못해 중앙고 아이들을 찍기 시작한다.
찰칵찰칵. 부둥켜안고 기뻐하는 중앙고의 여러 모습들이 STILL로 보인다.

74. N. 병원, 회복실

마치 야전침대를 연상케 하는 병원 회복실.
침대마다 누워 링거를 맞고 물리치료를 받고 있는 선수들.
하나같이 지친 기색이 역력하다.
그런 선수들을 둘러보다가 치료실을 나오는 강 코치와 이 선생.

75. N. 병원, 복도

낮은 목소리로 대화 나누는 강 코치와 이 선생.

강 코치   진료비는 얼마나 나왔습니까?

이 선생   걱정 마라. 우리 농구부 후원회장님이 내주신단다.

강 코치   너무 감사하네요. 번번이….

이 선생   근데, 아들 체력도 바닥이 났고 백업도 없는데 더 이상은 무리다.

강 코치   ….

이 선생   안타깝지만 우리는 여까지가 아닌가 싶다.

강 코치   안 그래도 아들한테 얘기했는데 절대로 포기할 수 없다꼬 합니다. 가는 데까지 가보겠다고요.

76. N. 병원, 화장실

칸막이 안, 발목 통증으로 식은땀을 흘리는 규혁.

INSERT 씬 71의 상황.
전력 질주하던 규혁. 점프하며 공을 잡아내며 착지하는 순간… 움찔하는 규혁의 미간. 그러나 바로 수비수를 현란한 드리블로 제치며… 슛! 골인.
다시 착지하는 규혁의 발목.

더욱 퉁퉁 부은 자신의 발목을 바라보는 규혁의 눈빛.

그때, 칸막이 문 아래에서 쑥 들어오는 압박붕대.

기범(소리)   받아라. 꼭 와도 냄새나는 데서 이러노.

규혁, 가만히 보다가 압박붕대를 받는다.

― 칸막이 밖의 기범.

기범   니, 발목 괜안나?

규혁   미친 새끼, 뛰는 거 안 봤나? 니보다 낫다.

기범   적당히 해라. 니 그러다가 완전히 발목 병신될 끼다.

규혁   내 걱정하는 거는 아닐 텐데… 와? 득점왕 하고 싶나?

기범   니 걱정도, 득점왕도 아이다. 지 몸 관리 하나 제대로 몬 하는
새끼 때문에 팀 망칠까 봐 그칸다. 아직 갈 길이 멀다…. 교체
멤버도 없다는 걸 명심해라.

기범, 돌아서서 나가려는데…

규혁   그때는….

기범, 멈칫해서 보면

규혁	그때는 모든 게 싫었다. 지랄 같은 내 발목도 싫고… 수술비 없어가 몬 고쳐주는 집안 형편도 싫고… 그래서 도망간 기다….
기범	….

기범, 잠시 서 있더니 나간다. 홀로 남은 규혁, 묵묵히 압박붕대를 감는다.
화면… 암전되며 서서히 체육관의 함성이 들려온다.
'여기는 협회장기 8강전이 열리는 원주 치악체육관입니다'라는 캐스터의
음성.

77. D. 원주 치악체육관

아직은 경기 시작 전, 중계석의 해설자와 캐스터가 중계를 하고 있다.

중계	송동규 선수를 앞세운 패기의 광산고와 본선 진출이라는 이변을 일으킨 부산 중앙고의 경긴데요. 사실 부산 중앙고는 여기까지 온 것만 해도 기적입니다. 이제부터 교체 선수도 없지 않습니까?

[광산고 벤치]

광산고 코치	올코트 프레싱해! 어차피 쟤들 체력이 바닥났으니까 그걸 이

용해! 다들 알지만, 거저먹는 경기야!! 초반부터 중앙선 못 넘어오게 앞쪽부터 밀어붙여!! 저쪽은 천기범 하나 막으면 끝이야 알지?

[중앙고 벤치]

강 코치 다들 힘들제? 우리는 체력 아껴야 된다. 1, 2쿼터에는 패스 플레이 위주로 하고 다치지 말고. 특히 기범이는 힘든 경기가 될 수 있으니까 백코트할 때 규혁이가 근처에서 받아주면 돼. 알겠지?

그 위로 '빵~~' 하는 부저 소리와 함께 경기 시작된다.

자막 2012. 05. 10 8강전 부산 중앙고 vs 광산고

점프볼 광산고가 선점, 공격 시작.
광산고의 선 득점,
이후 올코트 프레싱으로 연속 득점한다.
열광하는 광산고 벤치. 이성을 잃지 않고 독려하는 강 코치.
이어서 중앙고의 반격. (위의 상황 콘티 참조)

수비진의 뒤를 돌면서 공을 드리블하며 현혹시키는 규혁.
결정적인 순간 기범에게 패스한다. 기범, 과감한 중앙 돌파. 레이업 슛, 깨

끗하게 골인.

– 관객석 비추면, 넥타이를 맨 아저씨 옆 몇 명의 넥타이 부대가 늘었다.
앞쪽에는 스케치북에 비해 발전한 작은 플래카드.
'부산 중앙고! 파이팅! – 중앙고등학교 원주 동문회'

[작전타임 중인 광산고 벤치]
모여 있는 코치와 선수들.

광산고 코치	왜 자꾸 외곽으로 볼을 빼? 골 밑으로 돌파하라고! (다른 선수 보며) 골 밑은 왜 그 모양이야! 초짜 놈들한테 자꾸 리바운드 뺏길래?
선수1	아무리 밀어도 꼼짝을 안 합니다.
광산고 코치	지금 그걸 말이라고 해! 너도 천기범한테 붙어, 허재윤인지 하는 애는 놔둬. 어차피 놔둬도 골을 못 넣는 애야. 너는 배규혁 집중 마크하고.

– 속개되는 경기. 기범에게 두 명, 세 명의 수비수가 붙기 시작한다.
기범, 규혁이나 순규, 강호에게 패스해보려 하지만 여의치 않다.

중계	역시 천기범 선수를 집중 마크하는데요.

점점 줄어드는 공격 시간. 그때, 홀로 서 있는 재윤이 시선에 들어온다.

어쩔 수 없이 재윤에게 패스하는 기범. 수비는 없다. 1초도 남지 않은 공격 시간. 재윤, 슛을 쏜다. 포물선을 그리며 날아가는 농구공.

노골. 낙담하는 재윤의 모습.

중계   얼마 남지 않은 시간! 천기범, 허재윤에게 패스… 허재윤

                       슛… 아, 역시 무리죠.

그러나 리바운드를 잡아내는 강호, 기범에게 패스, 가볍게 다시 중거리 슛. 득점!

– 계속 마크당하는 기범, 치열하게 패스할 곳을 찾는데,

순규를 발견하고 롱패스를 하면 순규가 패스를 받아 득점한다.

– 그러나 이어지는 광산고의 골, 골, 골.

– 대견함과 안타까움이 뒤섞인 얼굴로 독려하고 지시하는 강 코치.

– 이어지는 광산고의 공격, 저지하던 규혁이 디펜스 파울을 한다.

심판이 휘슬을 불고, 체력이 바닥나 무릎에 손을 짚고 헉헉거리는 중앙고 선수들.

78. D. 부산 중앙고, 교실

자율 학습 중인 교실. 빡빡머리를 비롯한 학생들, 자습 중인데
'쾅' 문 열리며 들어서는 더벅머리. 놀라서 보는 학생들.
더벅머리, 디엠비가 들린 손을 들고 떨린 눈빛으로 빡빡머리를 바라보며

더벅머리   4강이다….

그 말에 일제히 놀라는 아이들.

79. D. 부산 중앙고, 복도

'와아아!!' 함성 소리가 울려 퍼지는 복도.

80. D. 몽타주

- 교무실. 환호하며 서로 얼싸안고 좋아하는 선생들.

- 포목점. 양손 가득 든 옷감을 내려놓고 포옹하며 기뻐하는 기범 부모.

- 미용실. 감격스러운 얼굴로 TV에서 눈을 떼지 못하는 규혁 모.

화면에서 가쁜 숨을 몰아쉬며 기뻐하는 규혁의 얼굴이 비춰지고 있다.
고개를 돌려 전광판을 바라보는 규혁.

81. D. 원주 치악체육관

전광판. 부산 중앙고 77 : 64 광산고

−'와아아아' 함성 소리에서 코트를 비추는 화면.
카메라 기자, '찰칵', '찰칵', '찰칵' 코트에 주저앉은 중앙고 선수들을 찍고
있다.
그 옆으로 PAN 어느새 촬영에 합세한 십수 명의 카메라 기자들.
선수들의 모습이 STILL 신문 기사로 보인다.
'꼴찌들의 반란! 부산 중앙고 4강 진출!', '교체 멤버 없는 투혼의 기적!',
'부산 중앙고, 기적의 전승 행진!', '전국 강호들 차례로 격파!'

82. D. 원주 치악체육관, 복도

모든 것을 쏟아부은 듯 기진맥진한 얼굴로 경기장을 나오는 선수들.
서로를 부축하며 대기실로 가고 있는 중앙고 선수들과 강 코치.
그때, 뒤늦게 도착한 이 선생이 뛰어 들어온다.

이 선생	다들 고생했다! 너무 고생했어. (선수들이 인사하려 하자) 인사는 됐다. 고마. 말도 하지 마. 힘 아껴. 하이파이브도 하지 마. 생각도 하지 마. 그저 쉬어야 된다.
순규	선생님….
이 선생	말하지 마. 힘 아끼라꼬!
순규	아뇨, 물 좀….
이 선생	(민망한) 아… 그래….

민망해하며 물을 주려고 하는데 뒤쪽에서 대회 관계자가 강 코치에게 달려온다. '코치님'

강 코치	예?
관계자	(무언가를 내밀며) 이거 누가 전해달라고 해서요.
강 코치	누가요?
관계자	모르겠어요. 부산 중앙고 코치님께 드리라고 한 거밖에. (하고는 간다)

강 코치, 받아 보면… 일반 우편 봉투에 '부산 중앙고 농구부 강양현 코치 앞'
다시 뒤집어 보면… 붓글씨로 '파이팅'이라고 쓰여 있다.
강 코치, 의아해하며 봉투를 열어 보면 만 원 지폐 다발이 들어 있다.
그 모습을 기둥 뒤에 숨어서 보고 있는 사람은 다름 아닌 교장이다.
그 위로 스포츠 뉴스 시그널 음악.

83. N. 뉴스 화면

스포츠 뉴스가 흘러나오고 있다.

앵커   전국 고교 농구 대회에서 최대 이변이 일어났습니다. 돌풍의
            주인공은 부산 중앙고. 교체 선수 없이 단 5명의 선수로만 대
            회를 이어가고 있는 부산 중앙고는 극심한 체력 소모에도 불구
            하고 믿기지 않는 투지로 승리에 승리를 더해가고 있습니다.

84. N. 지구대

한편에 켜져 있는 TV에서 스포츠 뉴스가 나오고 있다.
순경(씬 21의)이 구석에서 자고 있던 취객을 깨운다.

순경   아저씨, 일어나이소. 집에 가셔야지요.

잠이 깬 취객이 고개를 들면… 씬 52의 50대 남자다.

50대 남   여가 어덴교?

하며 주위를 둘러보다가 TV에 머무는 시선.
강 코치와 규혁의 모습이 전파를 타고 있다.

137

50대 남과 순경, TV를 보다가 동시에. '어? 부산 중앙고?', '어? 절마 저거'

85. N. 야외 농구장

환한 보름달 아래, '텅텅텅' 울리는 바운드 소리.
아무도 없는 코트에서 진욱이 재윤에서 3점 슛을 가르쳐주고 있다.

진욱   앞으로 점프하지 말고 위로 점프하는 기 중요하다. (자세 보이
           며) 그래야 요래 포물선이 생긴다꼬. 자, 다시 함 해봐라.

재윤, 바운드를 튀기다가 점프 그리고 슛…
텅. 림을 맞고 튀어나오는 공.

진욱   함 더.

재윤, 다시 자세를 잡고 슛. 노골.
이후 슛을 쏘는 재윤의 모습들이 여러 각도에서 보이고.
번번이 들어가지 않는 공.
달빛 아래 열심인 두 사람.

86. N. 숙소, 전경

87. N. 숙소, 강 코치 방

잠꼬대를 하며 곯아떨어진 이 선생. '교장 이 대머리 새끼… 왜 농구장에
몬 가게 하는데… 이 쭈꾸미 같은 쉐끼야'
그러든지 말든지 강 코치는 창가에 기대 생각이 잠긴 채 창밖의 달을 바라
보고 있다.

88. N. 숙소, 옥상

바닥에 놓여지는 커나란 삘래통.
원주 시내의 야경 위로 떠 있는 보름달 아래, 기범과 규혁이 빨래통에서
세탁한 유니폼들을 꺼내 빨랫줄에 널기 시작한다.
말없이 빨래를 털며 널고 있는 두 사람.
규혁도 묵묵히 빨래를 널고 있는데…

기범   니 내일 경기 뛸 자신 있나….
규혁   (잠시 멈칫했다가 계속 빨래를 넌다) ….
기범   지금이라도 코치님한테 말해라.
규혁   (여전히 하던 일을 계속하는) ….

| 기범 | 내가… (망설이다가) 말해줄까…? |
| 규혁 | (멈추고 가만히 기범을 보다가) 말한다꼬 달라지는 거는 없다. |

하고는 다시 빨래를 너는 규혁.
그런 규혁을 가만히 보는 기범.
그때, 옥상 철문이 열리면서 누군가 들어오는 소리.
규혁과 기범이 돌아보면… 절룩거리며 저쪽에 가서 서는 그림자는 강호와
순규다.

순규	우와… 원주도 볼 만하네….
강호	달 봐라. 달도 억수로 동그랗네. 농구공같이….
순규	(달을 보며) 강호 니는 언제 농구 처음 시작했다고 캤지?
강호	초등학교 6학년 때 친구 따라 처음 시작 안 했나. (강호가 얘기하는 동안 당시 아이들의 사운드가 들려온다) 동네 농구장에서 글마 하는 걸 보는데 억수로 재밌어 보이드라. 그때 처음으로 농구공을 잡아봤는데, 이기 묘한기라. 골대 밑에서 공 잡고 쏘고… 그때 생각했다…. 이거를 평생 할 수 있으면 얼마나 좋을까….
순규	강호야….
강호	응?
순규	우리… 앞으로도 계속 농구할 수 있을까….
강호	암만캐도 우리는 고등학교가 마지막이 아닌가 싶다. 어느 대학에서 우리를 부르고 어느 프로에서 우리 같은 아들을 데려

가겠노.

순규   그래… 그래도 일단은 내일은… 농구할 수 있으니까…. 내일
         이기면 모레까지는 할 수 있는 기고…. 그러다보믄 우리도 어
         른이 되겠지….

환한 보름달을 보며 이야기하는 강호와 순규를 보는 기범과 규혁의 모습
에서 화면 서서히 암전.
암전 상태에서 들려오는 중계진의 소리.

중계   ― 부산 중앙고, 경기가 거듭될수록 체력적인 부담이 커지는
         상황이죠.
         ― 농구부원 자체도 차이가 크죠. 안양고 17명, 중앙고 6명.

89. D. 원주 치악체육관

중계진의 모습 너머로 보이는 몸을 풀고 있는 안양고 선수들.
반대편 코트에서 스트레칭하며 바라보고 있는 중앙고 선수들의 모습 위로

중계   그나마 중앙고는 정진욱의 부상으로 한 명 줄어서 5명입니다.
         사실 교체 선수 없이 정상적인 경기가 가능할지 의문입니다.

경기 시작을 알리는 휘슬 소리.

– 드리블해 들어가는 기범.

순규, 강호, 규혁에게 각각 밀착 마크하는 안양고.

전진하는 기범에게는 두 명의 수비수가 붙는다. 패스건 드리블이건 여의치 않다. 시합이 풀리지 않는다.

중계   안양고 벤치가 허재윤 선수의 숏 능력이 전혀 없다는 걸 간파했어요. 다시 말해서 사실상 중앙고는 4명이 뛴다고 봐야 됩니다.

그때, 무릎을 살짝 구부리며 슈팅 자세를 취하는 재윤.

천천히 뛰어오르며 숏을 쏜다.

재윤의 손끝을 떠나는 공. (초고속)

90. D/N. 과거, 부산 중앙고, 체육관

농구공을 든 강 코치, 자신을 바라보는 아이들을 둘러보며

강 코치   기적을 만들라믄 재윤이도 제 몫을 해줘야 한다.

아이들, '뭐지?' 재윤을 본다.

강 코치　　　분명히 저쪽에선 재윤이를 아예 버릴 기다. 그래서 이번 대회
　　　　　　에서 재윤이한테 두 번 기회가 온다. 3점 찬스 두 번. 그것만
　　　　　　넣으면 승산이 있다.

재윤, 긴장한 듯 꿀꺽 침을 삼킨다.

강 코치　　　이번 대회 전까지 8년간 출전 기록 빵. 득점 기록 빵. 하지만
　　　　　　여기 있는 사람들 다 안다. 누가 농구를 정말 좋아하고 진심
　　　　　　으로 잘하고 싶어 하는지. 그래서 매일 밤, 누가 혼자 슛 연습
　　　　　　을 하는지.

재윤, 쑥스러운 듯 고개를 숙이면…

강 코치　　　허재윤, 누구한테나 처음이라는 게 있다. 통산 득점 빵점. 이
　　　　　　번 대회가 니 통산 득점 시작일이다.

재윤, 용기를 얻은 듯 고개 끄덕인다.

[시간 경과되면]
혼자 남은 재윤. 멈추지 않고 계속해서 림을 향해 슛을 쏜다. 그런 재윤을
멀리서 지켜보는 강 코치.
다시 점프 슛을 쏘는 재윤에서

91. D. 원주 치악체육관

재윤의 손끝을 떠나 느린 속도로 공중을 가르는 공.
공의 궤적을 따라가는 강 코치와 선수들.
그리고… 천천히 아주 천천히 철렁이는 그물.

중계   골입니다!

자신의 골이 믿기지 않는 재윤, 그리고 환호하는 강 코치와 선수들.

INSERT 중앙고 교실. 일제히 환호하는 아이들.
          '소봉! 조용!' 선생의 외침에도 통제가 안 된다.

중계   허재윤 생애 통산 첫 득점은….

심판, 손가락 세 개를 펴 보이며 3점 슛을 표시한다.

중계   3점 슛입니다.

놀람과 흥분의 환호를 보내는 관중들.
강 코치와 중앙고 선수들을 제외한 체육관 내부 사람들, 전부 경악한다.
안양고 벤치, 당황한 코치, 옆의 트레이너에게

안양고 코치　　　재 뭐야? 그냥 숫자 맞추는 놈이라면서?

트레이너　　　　(기록지 넘기며) 아무리 찾아도 기록이⋯ 비밀 병기였나?

안양고 코치, 트레이너를 보다가 다시 코트를 보고 놀란다.

안양고 코치　　　저거 또 뭐야!!

보면 다시 공격권을 가진 중앙고.
여전히 수비가 붙지 않은 재윤에게 또다시 패스하는 기범.

기범　　　　　꽂아버려라!

패스를 받은 재윤, 무릎을 굽혔다 피며 공을 던진다.
날아가는 공. 모두가 숨죽인 채 궤적을 쫓아가는데⋯ 또다시 골인이다!
벤치에서 벌떡 일어나는 진욱. 감격에 겨워 말을 잇지 못한다.
좋아서 두 손을 번쩍 드는 재윤.
그런 재윤의 엉덩이를 쳐주고 지나가는 순규, 강호, 규혁.

규혁　　　　　벌써 통산 6득점이다.

기범, 역시 엉덩이 쳐주며

기범　　　　　빽코트 안 하나!

신이 나서 기범, 규혁과 함께 백코트를 하는 재윤.

관중석의 재윤 부모 (판박이 생김새로 누가 봐도 재윤의 부모다) 얼싸안고 껑충껑충 뛰며 환호한다.

재윤 부   (옆 사람에게) 보소보소! 허재윤 쟤가 우리 아들입니다!

– 당황한 기색이 역력한 안양고. 공격에서 실책을 저지른다.
그 공을 침착하게 슛까지 연결하는 기범.

중계   생각지도 않았던 허재윤이 터지기 시작하니까 안양고 흔들리
                고 있어요. 이렇게 되면 이 경기 알 수가 없습니다!

– 다시 계속되는 중앙고의 공격.
재윤에게 수비가 한 명 붙기 시작한다. 그러자 자유로워지는 다른 선수들.
재윤에게 패스하는 척하다가 규혁에게 패스, 골.
이어지는 기범, 강호의 골.
그리고 순규의 골밑슛.

중계   홍순규의 골밑슛! 중앙고 홍순규까지 터지기 시작합니다. 과
                연 부산 중앙고 악조건을 딛고 기적의 승리를 또 이뤄내나요?

– 커지는 관중들의 함성. 넥타이 부대와 중앙고 농구 후원회가 환호하며
열렬히 응원하고 있다.

그 옆을 비추면 형형색색 응원 문구를 들고 응원하는 지역 여자 고등학생들 몇 명.

– 분주하게 셔터를 눌러대는 카메라 기자들.

– 코트에 뻗어 미소 짓고 있는 아이들.
'부산 중앙고 대 안양고 74 : 40'

– 기자석에 앉은 기자들, 노트북으로 기사들을 작성하기 시작한다.
'부산 중앙고, 기적의 결승행', '부산 중앙고 멈추지 않는 돌풍', '기적의 부산 중앙고, 우승 후보를 압도적으로 누르다!'

– 벤치의 진욱, 힘이 빠져 주저앉은 재윤에게 달려와 성한 팔로 마구 때리며 기뻐하고…
대견하고 뿌듯한 미소로 그런 아이들을 바라보는 강 코치와 이 선생.

92. D. 부산 중앙고, 교무실

중계를 보며 '우아아아아' 두 팔을 들고 함성을 지르는 선생들.

93. D. 부산 중앙고, 교실

'와아아아!' 아이들 역시 함성을 지르고,
휴지를 집어 던지고 방방 뛰며 얼싸안고 광란의 도가니다.
복도로 뛰쳐나가는 아이들.

94. D. 부산 중앙고, 복도

복도에서 아이들이 광분하며 뛰어다니면…
흐뭇한 얼굴로 교감이 교장실 문을 노크한다.

95. D. 부산 중앙고, 교장실

의자에 앉은 채 뒤돌아 있는 교장.

교장   들어오세요.
교감   (들어와서 감개무량한 얼굴로) 교장 선생님요! 지금 난리가 났습
         니더!
교장   (여전히 뒤돌아 있는 채로 차갑게) 왜요?
교감   예?
교장   뭔데 그래 호들갑입니까?

148

교감   아… 그기… 아입니다…. 가보겠습니다.

교감, 무안함에 문을 닫고 나가면… 교장 앞을 비추는 카메라.
손에 든 디엠비를 보며 감격의 눈물을 흘리고 있다.

96. D/N. 원주 치악체육관 전경

관중들의 함성이 들려오는 체육관에 서서히 어둠이 내리기 시작하고…
이내 불이 꺼진 인적이 없는 건물이 된다.

97. N. 원주 치악체육관

늦은 밤. 희미한 불빛만이 텅 빈 체육관을 밝히고 있다.
객석 한 편에 앉아 빈 코트를 바라보고 있는 강 코치.
깊은 생각에 빠져 있다.
그때, 코트 저쪽에서 들려오는 발자국 소리.
강 코치, 소리 나는 쪽을 보지만 어두운 그늘만 보일 뿐이다.
어둠 속에서 점점 가까워지는 발소리. 이윽고 모습을 드러내면…
기범이다.
말없이 코트로 걸어 나와 코트 한가운데에 서서 잠시 생각에 잠겨 있다가
고개를 들어 관중석을 보는 기범. 강 코치와 눈이 마주친다.

잠시 놀라지만 이내 엷은 미소를 짓는 기범.
한참을 말없이 바라보는 두 사람.

강 코치   이 늦은 시간에 잠 안 자고 뭐 하노?
기범   몸은 죽겠는데… 잠은 죽어라고 안 옵니다.
강 코치   (가만히 보다가) 하긴… 이 상황에 잠이 오면… 그기 인간이가?

98. N. 숙소, 선수들 방

드르렁드르렁 정신없이 곯아떨어진 순규, 강호.
진욱과 재윤도 질세라 코를 골며 깊은 잠에 빠져 있다.
그리고 한쪽 구석에서 부어 있는 발목을 압박붕대로 감고 있는 규혁.
고통을 참는 규혁의 얼굴 위로 '와아아' 하는 함성 소리.

99. D. 원주 치악체육관

관중석에 걸린 '용산고 올해도 우승하자!' 대형 플래카드.
그 주위에 수백 명이 넘는 용산고 응원단이 응원가를 부르며 열띤 응원을
하고 있다. 그리고 그 옆 한쪽에 삼삼오오 모여 있는 중앙고 동문들.
'이야, 이게 얼마 만이고?', '살다 보니까 이런 날이 다 있네'
서로 반갑게 인사를 나누는 동문들 속에 들어오는 후원회장.

후원회장을 보고 인사를 하는 몇몇 동문들.

동문1   행님, 오셨습니까?

후원회장   아이고 그래도 안 잊고 다들 왔네.

동문2   후원회장님 덕분에 그래도 우리 농구부가 여까지 안 왔습니
          꺼. 와야죠.

후원회장   내가 한 기 뭐 있나? 강 코치하고 아들이 다 열심히 해서 이
          래 된 기지.

동문들이 얘기를 나누는 동안 카메라, 그 옆을 비추면 중앙고 교복을 입은
학생 두 명. 더벅머리와 빡빡머리다.

더벅머리   (왠지 불안한) 학교에서 집에는 연락 안 했겠지? 전화했으면
          우리 엄마가 난리를 칠 텐데….

빡빡머리   임마, 대가리를 굴려야지 나는 아침 일찍 아빠 목소리로 전화
          했다. (아버지 목소리 흉내) '우리 아가 몸이 마이 아파갖고 오
          늘은 학교에 몬 갈 것 같습니다.'

더벅머리   (저쪽을 보다가) 어? 저거… 우리 교감쌤 아이가?

빡빡머리, 시선을 따라가 보면 저쪽에서 '부산 중앙고 파이팅!'을 외치고
있는 교감이다. 이크, 걸릴까 봐 몸을 수그리려는데 이쪽을 보는 교감.
정확히 눈이 마주친다. 화들짝 숨는 더벅, 빡빡.

더벅머리	(잔뜩 수그린 채) 교감이 와 저 있노?
빡빡머리	(역시 얼굴을 파묻고) 우리 봤나? 못 봤제?
더벅머리	모르겠다… 아, 우짜지?
빡빡머리	잘 함 봐봐라. 교감 맞나?
더벅머리	니가 봐라, 새끼야.
빡빡머리	니 저번에 만 원 빌린 거 퉁쳐줄게. 니가 봐봐라.
더벅머리	알았다…. (고개를 들어 보면)
빡빡머리	교감 맞나? 교감, 교감 맞냐고? 교감 맞아?

하는데, 바로 앞에서 들려오는 '교감 맞다' 하는 소리.
빡빡머리, 슬그머니 고개를 들어보면… 코앞에 서 있는 교감.

교감	이노무 쉐끼들, 느그들이 이 시간에 여 와 있노?
빡빡머리	교감 선생님요. 그기…. (우물쭈물)
더벅머리	(코트 쪽을 보며) 교감 선생님요. 우리 선수들 나옵니더!

교감과 더벅, 빡빡 보면… 경기장으로 입장하는 강 코치와 중앙고 선수들.

– 코트로 가로질러 벤치로 걸어가는 중앙고 선수들.
걸어 나오는 기범을 보는 기범 부모.
그리고 담담한 표정의 규혁을 보는 규혁 모의 간절한 얼굴.
벤치에서 농구화 끈을 단단히 매는 기범, 규혁, 강호, 순규, 재윤 천천히
코트로 걸어나간다.

자막 2012. 05. 12 결승전 부산 중앙고 vs 서울 용산고

맞은편 코트. 역시나 질서 정연하고 위압적인 모습으로 몸을 풀고 있는 용산고 선수들 사이 준영이 보인다.

중계   - 네, 협회장기 고교 농구 결승전. 용산고 대 부산 중앙고의 경깁니다. 용산고는 그야말로 명실상부한 고교 농구의 최강자 아닙니까?

                - 맞습니다. 누구도 부인할 수 없는 고교 농구의 절대 강자죠. 이에 맞서는 부산 중앙고는 그야말로 기적의 신화를 써 내려가고 있습니다. 예선 3경기 전승부터 본선에서 강력한 우승 후보들을 차례로 격파하는 이변 끝에 결승에 올라왔습니다.

- 몸을 푸는 시간이 끝나고 다시 벤치로 돌아가는 선수들.
벤치로 돌아가는 준영, 멈칫한다. 앞에 선 기범.
준영, 죄책감 가득한 시선으로 기범을 외면하고 가려는데 '한준영' 하는 소리.
준영, 멈칫하며 뒤돌아보면…

기범   (희미한 미소) 잘 해보자.
준영   (끄덕이며 옅은 미소로) 그래, 잘 부탁한다….

- '삐~~' 시합 시작을 알리는 심판의 휘슬 소리.

벤치에 앉아 있던 기범, 고개를 들어 천장을 바라본다. 눈부신 조명…
발아래를 내려다보면 황토빛 코트. 그 위에 선 자기 자신의 다리.
팔목 압박 밴드와 무릎에 감은 압박붕대에 쓰여 있는 'No.4 정진욱'
천천히 고개 들어 심판이 기다리고 있는 중앙 써클을 향해 걷기 시작하는
데 그 위로 '쿵쿵쿵쿵쿵' 들려오는 기범의 심장 소리.

– 센터서클, 눈부신 조명을 향해 쏘아져 올라가는 농구공.
내려오는 농구공을 향해 뛰어 오르는 중앙고와 용산고의 아이들.
순규, 뛰어오르지만 준영을 이길 순 없다. 동료에게 공을 밀어주는 준영.

– 공을 잡은 용산고 빠른 공격 패턴으로 패스, 패스, 패스.
뒤이어 용산고 9번의 득점. 용산고 몸이 가볍다.

중계　　　　자, 예상대로 용산고의 빠른 공격 템포와 함께 에이스 허훈의
　　　　　　감각적인 골이 터집니다.

– 이어지는 중앙고 기범의 패스, 규혁의 러닝 슛, 골인.

중계　　　　이어지는 부산 중앙고의 반격. 그러나 역시 예상대로 용산고
　　　　　　의 한준영이 골 밑을 장악하네요. 골밑슛, 골인. 허훈, 한준영
　　　　　　의 연속골이 터지면서 중앙고가 좀 당황하는 듯합니다.

– 다시 용산고, 준영의 슛, 골인.

계속되는 서로의 공방. 초조하게 바라보는 용산고 코치와 강 코치.

- 열렬히 자기 팀을 응원하는 용산고와 중앙고의 관중들.
환호했다가 탄식했다가 그런 관중들의 모습에서 치고받는 중앙고와 용산고의 접전이 느껴진다.

- '삐익~' 휘슬 소리.
용산고의 반칙으로 자유투를 얻어내는 기범. 코트에 누워 있는 기범.
규혁이 손을 내밀어 일으켜주고, 심판이 기범에게 공을 준다.

규혁   니하고 내, 수비 한 명씩만 붙었다. 내가 좌우로 휘저어버리
             다가 중앙으로 전력 질주할 기다… 내를 써라.
심판   중앙고, 자유투- 빨리해.

일단 라인으로 물러나는 규혁. 줄을 지어 선 양쪽 선수들.
기범 숏- 골인. 규혁이 공을 잡아 기범에게 가져다준다.

기범   니 지금 무리하면 발목 완전히 망가진다. 지금까지 했던 대로
             자리 지켜라.
규혁   내 발목. 벌써 늦었다. 마지막으로 한 번 제대로 써보자.

'삐-' 다시 호루라기 불며 재촉하는 심판.
규혁이 자리로 돌아가면 멍한 얼굴의 기범.

떨리는 손으로 슛- 노골. 뛰어오른 순규. 악착같이 리바운드해낸다.

그때, 바로 아래 있던 용산고 센터가 공을 턱- 쳐낸다.

라인을 벗어나는 공.

중앙고 공을 선언하는 심판.

애매한 판정(?)에 용산고 코치가 항의하는 동안.

그 사이 기범에게 다가가는 규혁.

규혁   대회 전에 병원에서 최종 판정받았다. 내 발목 더 이상… 농
          구를 할 수 없다고.

기범   우쨋든 지금 니 발목으로는 하고 싶어도 몬 한다. 오늘까지만
          몸 좀 아끼라.

규혁   그랬다간 평생 죽을 때까지 내 자신을 원망할 것 같다…. 그
          러니까, 오늘만이라도… 이 시합만이라도… 내를 써라.

다시 경기가 속개된다.

중계   지금 용산의 철벽 수비에 부산 중앙은 계속 막히고 있거든요.
          부산 중앙고로서는 뭔가 새로운 공격의 돌파구를 마련해야
          됩니다. 체력이 조금이라도 남아 있는 전반에 반전의 계기를
          마련하지 못한다면 이 경기는 힘들어집니다.

라인 밖에서 공을 잡고 기범에게 패스하는 규혁.

기범, 천천히 드리블하며 앞으로 나아가는데 그 앞을 스쳐 지나는 규혁.

규혁   내 인생 마지막… 은퇴 경기… 꼭 이기고 싶다.

하고는 골대를 향해 달려드는 규혁. 지금까지 본 중 가장 폭발적 스피드.
당황하는 용산고 수비수들. 기범, 여전히 갈등한다.
그리고 달려간 규혁이 일방적으로 뛰어오른다. 엄청난 점프력.
결국, 기범의 패스가 포물선을 그리며 림을 향해 날아간다.
규혁이 공중에 떠오른 채로 공을 잡는다.

차마 보지 못하고 두 눈을 질끈 감는 규혁 모.

날아오르던 규혁 앨리웁 슛! 골—인.
착지하며 통증이 오는지 인상을 찌푸리는 규혁, 꾹 참고 다시 달려나간다.

중계   천기범과 배규혁의 환상적인 콤비 플레이! 지금까지 외곽 슛
             에 집중하던 배규혁이 저런 스피드로 휘저어준다면 중앙고
             해볼 만합니다.

계속되는 기범과 규혁의 공격!
수비수 한 명을 따돌린 규혁의 앞으로 떠오르는 용산고 센터.
공중에서 공을 팔을 내리는 규혁. 허공에 팔을 젓는 상대.
그 틈으로 다시 팔을 든 뒤 곧바로 슛. 더블 클러치! 골—인.
기범, 순규, 강호, 재윤은 물론 벤치의 강 코치도 놀란 듯 규혁을 본다.
이를 악문 규혁의 얼굴. 애써 통증을 숨긴다. 그때 울리는 작전타임 부저.

| 중계 | 작전의 변화로 중앙고 공격이 살아나는데요. 그러나 역시 최강의 용산 만만치 않습니다. |

[용산고 벤치]

| 용산고 코치 | ○○ 빠지고 ○○ 들어가고, ○○ 좀 쉬고 ○○ 들어가. 조금만 더 압박하면 돼. 쟤들 지금 서 있기도 힘든 애들이야. |

[중앙고 벤치]

강 코치	규혁이 니 좀 전에 괜찮나? 니 뛸 수 있겠나?
규혁	끄떡없습니다.
강 코치	다들 잘 들어라. 몸 안 좋은 사람은 빠져도 된다. 이 경기 하나가 느그 몸만큼 중요하지는 않다.
이 선생	그래, 강 코치 말이 맞다.
강호	교체 멤버도 없지 않습니까. 끝까지 하겠습니다.

그때, 타임 종료를 알리는 부저 소리.

다시 시작되는 부저 소리.
용산고, 빠른 공격 패턴으로 패스, 패스, 패스, 뒤이어 득점.
용산고는 아직 몸이 가볍다.

– 이어지는 중앙고. 규혁의 패스– 기범의 러닝 슛. 골인.

– 다시 용산고 센터의 슛. 골인.

– 계속되는 서로의 공방.

초조하게 전광판 보는 용산고 코치. 기대에 차는 강 코치의 얼굴.

벤치의 진욱 역시 마찬가지.

그들의 얼굴 위로 들리는. 득점 소리. 관객들 박수 소리.

그 소리들만으로도 치고받는 중앙고와 용산고의 접전이 느껴진다.

다시 코트.

숨을 헉헉대는 중앙고 선수들. 규혁 역시 이젠 쓰러질 것 같다.

하지만 눈빛만은 여전히 반짝인다. 그 모습을 보는 기범.

중계   사실 지금 부산 중앙은 체력이 거의 고갈된 상태일 겁니다.
           교체 선수가 없이, 다시 말해 전 선수가 휴식 없이 계속 체력
           을 소진해왔다는 거거든요.

규혁은 온몸으로 '나를 써. 나를 써'라고 말하는 것 같다. 기범, 가볍게 끄

덕인다. 의아해하는 용산고 선수들.

순간, 서로를 보는 기범과 규혁. 서로의 눈빛을 확인하곤,

미친 듯 드리블해 파고드는 기범이 떠오른다.

마크하던 용산고 선수가 떠오른다.

용산고 수비. 기범의 얼굴에 순간적으로 퍼지는 미소를 본다. '뭐지?'
슛할 것 같던 기범, 팔을 내리고는 뒤쪽으로 흘려주듯 패스.
뒤이어 달려오던 규혁이 공을 받는다. 그리고는 뛰어오른다.
아니 날아오른다.
기범의 옆을 지나 떠가는 규혁. 왼손으로 공을 움켜쥔다.

기범   가라!

규혁의 팔이 크게 위로 움직이더니, 그대로 림에 공을 꽂아버린다. 덩크!!!
일순 정적에 빠지는 체육관 내부.
정적 속에 덩크의 충격으로 살짝 삐거덕대는 림 소리만 들리다가,
와!!!!!!!! 거짓말처럼 일제히 터져 나오는 함성.

관중석에서 함성을 지르는 중앙고 동문들과 관중들.
그리고 하염없이 눈물을 흘리고 있는 규혁 모.

중계   배규혁의 덩크 슛! 폭발적인 스피드와 가공할 만한 점프! 대
            단합니다. 배규혁.

골대 아래 규혁, 기범을 본다. 기범도 규혁을 본다.
그들 위로, 전반전 종료 부저음이 '삐익~' 울린다.
기범과 규혁, 가만히 서로를 본다.
보일 듯 말 듯 한 미소를 짓는 기범… 그리고 규혁.

160

그리고 같이 전광판을 돌아본다.

전광판 속 스코어 '중앙고 33 : 49 용산고'

100. D. 원주 치악체육관, 중앙고 선수 대기실

온몸이 파스와 압박붕대로 뒤덮인 채 탈진한 듯 의자에 널브러져 앉아 있는 아이들.

그들을 안타까운 듯 둘러보는 진욱.

강 코치 그런 선수들을 바라보다가

강 코치   16점 뒤졌다. 다들 서 있기도 힘들제?

대답할 기운조차 없는 선수들 그저 지친 눈으로 양현을 볼 뿐이다.

강 코치   우리는 진다….

힘없는 눈으로 양현을 보는 선수들.

강 코치   상대 팀은 말할 것도 없고, 밖에 있는 모든 사람들도, 심지어
             는 우리조차도 우리가 진다고 생각하고 있다.

패배감과 좌절감이 가득한 실내.

강 코치	농구하다 보면 숫 쏴도 안 들어갈 때가 있다. 근데 그 순간, 노력에 따라 다시 기회가 생긴다. 그게 뭐꼬?
순규	…리바운드.
강 코치	맞다. 리바운드다. 숫을 수십 번 쏴서 안 들어가면, 그만큼 수십 번 리바운드 기회가 오는 기다.

자신만을 바라보는 아이들을 보는 강 코치
점차 호흡을 가다듬고 강 코치의 말에 집중하는 아이들.

강 코치	선수 생활 실패하고 모교에 코치로 와서 제대로 이기는 방법도 모르면서 느그들을 내몰았다. 왜… 겁났으니까…. 잘못하면 우짜지? 짤리면 우짜지… 그래서 실패를 했다. 근데 그건… 진짜 실패가 아니더라.

강 코치를 바라보는 아이들의 눈빛.

강 코치	결국 지금, 전국 대회 결승전, 선수 대기실에 느그랑 같이 있을 수 있던 건 그 가짜 실패 덕분이었다. 어떻게든 리바운드를 잡아낸 기다. 그건 내 혼자 잡은 게 아이다. 느그들이 리바운드를 잡아서 내한테 준 기다. 느그들이 잡아서 서로 서로한테 공을 준 기다. 다시 해보라고… 다시 던져보라고….

벅차오르는 아이들.

101. D. 원주 치악체육관, 용산고 선수 대기실

후배와 A코치들의 마사지를 받고 있는 용산고 선수들.
다양한 작전 지시가 있었는지 작전 상황판이 어지럽다.

용산고 코치   너희들 지금 장난해?

코치의 일갈에 움찔하는 선수들.

용산고 코치   체력도 다 빠진 불쌍한 지방팀이라서 살살해주는 거야?
선수들   아닙니다!
용산고 코치   초반부터 프레싱! 압도적으로 필사적으로 밀어붙였어야지.
             쟤들이 지쳤건, 교체 멤버가 없건, 무명이건 그래도 전국 강
             호들을 물리치고 결승까지 온 애들이야. 한순간도 방심해선
             안 돼. 그게 농구야. 그리고 그게 상대 팀에 대한 예의라는 거
             다. 알겠어?
선수들   (우렁차게) 예!

102. D. 원주 치악체육관, 중앙고 선수 대기실

좀 전과는 확연히 달라진 분위기. 선수들의 얼굴에 의지가 타오르고 있다.

| 강 코치 | 이 경기 끝나면 온 세상이 다 떠들어댈 기다. 중앙고가 졌다고 실패했다고…. 근데 뭐 어떻노? 결승전 했는데. 등신 삐꾸들이 여까지 왔는데… 노골 됐다고? 걱정 마라. 공은 튕겨 나온다. 그걸 다시 잡으면 되는 기다. 안 그렇나? |
| 아이들 | 맞습니더!! |

손을 내미는 강 코치를 중심으로 모이는 아이들.
손을 포개는 기범, 규혁, 순규, 강호, 재윤, 진욱.
모두들, 지쳤지만 결의에 차 있다.

| 강 코치 | 남은 경기, 그리고… 남은 인생. 느그들이 앞으로 농구를 하면서 먹고살든, 다른 일을 하든 겁먹지 말고 달려들어서 다시 잡아내라. 명심해라. 농구는 끝나도… 인생은 계속된다. 하나. 둘. 셋! |
| 아이들 | 리바운드!!!! |

중앙고 아이들의 구호가 복도에 메아리친다.

103. D. 원주 치악체육관, 복도

코치를 필두로 복도를 걸어가는 용산고 농구팀.
결연한 의지와 위용이 느껴진다.

대기실을 나와 코트로 향하는 강 코치와 선수들.

표정에선 알지 못할 자신감과 여유로움이 느껴진다.

복도를 지나 코트 출입구로 들어가는 중앙고 농구팀.

코트 안의 빛이 쏟아져 들어온다.

104. D. 원주 치악체육관

후반전을 위해 코트로 나서는 중앙고 아이들. 눈빛이 더욱 단단해져 있다.

'삐익' 휘슬 소리와 함께 속개되는 후반전.

드리블하고 패스하고 슛을 쏘는 기범, 규혁, 순규, 강호, 재윤의 모습들.

림과 백보드를 맞고 튀어나오는 공, 공, 공.

그리고 솟구치듯 점프하며 그 공을 잡아채는 순규, 강호, 규혁의 여러 모습들이 이어지고.

- 환호하는 중앙고 관중석.

- 벤치에서 가슴을 졸이며 그런 아이들을 바라보는 강 코치, 이 선생, 진욱의 모습.

- 용산고도 만만치 않다. 골인, 골인.

그러나 중앙고 아이들, 기죽지 않는다. 자기 플레이를 해가며 착실하게 반격에 나서기 시작하는데…

중계   아, 후반 3쿼터 들어서 분위기는 또 다른데요. 양 팀 결승전
            답게 한 치의 양보도 없는 경기가 이어집니다.

– 다시 용산고의 공격. 공을 가지고 뛰어오르는 용산고 공격수.
땀범벅이 돼서도 끝까지 포기하지 않고 떠오르는 재윤.
용산고 공격수와 충돌하면서 코트에 쓰러지는 재윤과 용산고 공격수.
'삐' 휘슬 불며 달려오는 심판.
아이들, 전광판을 보는데 허재윤 이름 옆에 빨간 불 다섯 개.
심판 '오반칙'을 선언한다.

– 중앙고 관중석, 하… 탄식.

– 코트 위의 재윤… 눈빛 절망감으로 울상이 된다.

중계   부산 중앙고 허재윤 오반칙 퇴장입니다! 아시다시피 중앙고
            는 교체할 선수가 없습니다. 그렇다면 한 명이 없는 상태에서
            경기를 계속해야 되는데요….

– 벤치의 강 코치와 이 선생, 진욱의 낯빛 역시 굳어버리는데…

이 선생   우짜면 좋노. 백업 멤버가 없다…대신 나갈 선수가 없다꼬….

강 코치 역시 이제 어쩔 수 없다… 동요하지만 아직 끝나지 않았다.

애써 감정을 다스리며 박수치며 아이들을 격려한다.

강 코치   괜찮아. 할 수 있다. 괜찮아.

코트에 남은 아이들, 그런 강 코치를 보고는 서로에게 박수를 치며
다시 백코트를 하고… 재윤, 눈물을 흘리며 벤치로 돌아온다.

재윤   (울먹이며) 죄송합니다. 코치님….
강 코치   (어깨를 두드리며) 허재윤 니 죄송할 거 하나도 없다. 니는 충
       분히 잘했다.

– 다시 속개되는 경기. 순규의 슛, 골인.
용산고의 공격. 지치지 않는 용산고, 빠르게 돌진해간다.
패스, 패스. 그러다가 갑자기 달려들며 점프 슛을 시도하는 용산고 9번.
막아서며 팔을 드는 순규 위로 포개지며 넘어지는 9번.
'삐' 휘슬 부는 심판. 순규를 가리킨다. '디펜스 파울'
전광판 순규의 이름 옆에도 빨간 불 다섯 개가 모두 켜진다.
반칙을 범한 순규도… 기범, 규혁, 강호도… 벤치의 모든 사람들도…
더 이상 희망이 없는 듯 낯빛 굳어진다.

중계   중앙고 홍순규도 오반칙 퇴장! 교체 멤버가 없는 부산 중앙고
      는 이제 3 대 5로 싸워야 됩니다.

순규, 울상이 돼서 고개 푹 숙이고 벤치로 들어온다. 수건을 들고 뛰어가 순규를 맞는 진욱.

강 코치마저… 이제 더 이상 할 말이 없는 듯… 그저 코트에 남은 세 사람… 기범, 규혁, 강호를 바라본다.

중계   − 이렇게 되면 부산 중앙은 정상적인 경기 운영이 불가능한 최악의 상황입니다.

            − 사실상 경기는 끝났다고 봐야죠.

불안한 눈빛으로 코트 위의 선수들을 바라보는데…

크게 심호흡하는 기범. 순간, 성큼성큼 용산고 벤치 쪽으로 걸어간다.

용산고 코치를 포함, 모든 사람들 놀라서 기범을 보는데…

기범, 용산고 물병을 집어 들더니 꿀꺽꿀꺽 마셔댄다.

그리고 용산고 벤치 멤버에게 손짓하면 얼떨결에 손에 든 수건을 내밀고…

수건을 땀 닦고 돌려주는 기범. 포식을 끝낸 맹수의 눈빛으로 용산고를 둘러보며 씨익 웃는다. 그때까지 놀라 꼼짝 못 하는 용산고 벤치.

중계   − 아, 지금 천기범 선수가 상대 용산고 벤치에서 물을 마시고 있습니다. 무슨 의미일까요?

            − 상대의 기선을 제압하고 경기 의지를 상실한 팀에 자극을 주려는 의도로 보이는데요. 끝까지 포기하지 않겠다는 의지의 표현이 아닐까 싶네요.

상식을 넘어 일어난 일에 술렁이는 경기장.
하지만 아랑곳 않고 당당한 기범, 강호와 규혁에게 다가오며

기범   힘들제?
규혁   힘들긴 뭐가 힘드노. 재미만 있다.
강호   걱정하지 말고 던지라. 내가 다 리바운드해줄게.
기범   그래. 우리 진짜 끝까지 가보자.

서로 바라보며 씨익 웃는 아이들.
규혁, 강호. 주문이라도 걸린 듯 다시 생기가 돌아오며 함께 박수 치며 백
코트를 한다.
그런 아이들을 바라보는 강 코치의 입가에 엷은 미소.
강호, 백코트하다가 성큼성큼 용산고 9번 앞에 서서 내려보며

강호   니 순규한테 일부러 그랬지? 기대해라. 몸싸움으로 밀어뽈
           테니까.

기가 막힌 듯 뒤돌아서는 용산고 9번을 가로막는 규혁.

규혁   지금부터 우리가 한 명 다치면 너흰 두 명 다칠 거다.

용산고 9번, '뭐야 쟤?' 하면서 멀어지는…
나란히 서서 공격에 대비하는 기범, 규혁, 강호,

169

—재개되는 게임.

용산고의 공격을 악착같이 막으러 달려드는 기범, 강호, 규혁.

규혁, 심하게 절뚝거리면서도 악을 쓰고 막아서고…

1 대 3의 싸움을 뚫고 리바운드를 따내는 강호, 외곽의 기범에게 패스.

빠르게 드리블해 들어가서 골밑슛을 따내는 기범.

승리라도 따낸 듯 주먹을 쥐어 보인다.

중계   아 용산고도 대단하지만 부산 중앙고도 정말 대단합니다. 어
       린 선수들이라 포기할 만도 한데요. 끝까지 포기하지 않고 최
       강의 용산과 끝까지 싸웁니다.

그러나 용산고 역시 만만치 않다. 이어지는 골, 골, 골.

아이들, 비처럼 땀을 쏟아낸다. 똑바로 선 시간보다 무릎을 짚은 시간들이
점점 길어진다. 그러나 절대 포기하진 않는다.

전광판 남은 시간 10초.

— 기범, 어디서 힘이 솟았는지 폭발적인 스피드로 골 밑을 파고든다.

 스크린하며 수비수 세 명의 진로를 막고 악착같이 버텨주는 강호.

열린 공간으로 뛰어드는 기범. 동시에 절뚝이며 외곽 라인을 타는 규혁.

보지도 않고 패스를 날리는 기범, 공을 받은 규혁, 슛을 던진다.

손가락 세 개로 3점을 알리는 심판. 완벽한 포물선을 그리며 림을 향해 날
아가는 공. 들어갔다 생각하고 경계를 푸는 용산고.

하지만 '팅' 림을 한 바퀴 돌고 튀어나오는 공.

아래로 낙하하는데 공을 받치는 누군가의 손.

홀로 뛰어오른 기범. 받쳐 든 손을 위로 쭉 뻗는다.

공, 림을 지나 그물을 출렁이게 만든다. 골인.

동시에 '부우우우' 경기 종료를 알리는 긴 부저음.

바닥에 착지하는 기범. 전광판 보는 규혁.

'부산 중앙고 63 : 89 서울 용산고'

– 긴장이 풀린 듯 뒤엉키며 코트에 쓰러지는 기범, 규혁, 강호.

달려 나오는 순규, 진욱, 재윤. 달려와 그대로 세 사람 위에 포개져버린다.

벤치에 남은 강 코치, 그런 아이들을 보다가 이 선생을 보면 이 선생의 눈가에 눈물이 맺혀 있다.

– 관중석의 중앙고 관중들 일어나 중앙고를 향해 박수를 친다.

이들의 박수 물결에 몇몇 다른 일반 관중들도 동참하고…

벤치로 돌아가던 용산고 9번과 준영도, 용산고 코치도 중앙고 선수들 쪽을 향해 박수를 친다.

코트 바닥에 서로 엉킨 채 누워 있던 기범, 규혁, 강호, 순규, 진욱, 재윤… 누가 먼저랄 것도 없이 엉엉 울음을 터뜨린다.

대기하던 카메라 기자들, 달려와 용산고가 아닌 중앙고 선수들을 찍어댄다.

그러거나 말거나 아이들은 서로를 부둥켜안은 채 울고 또 울 뿐이다.

계속되는 관중들의 박수 소리.

강 코치의 눈가에도 눈물이 고이기 시작한다.

손을 앞으로 뻗는 강 코치, 그리고 아이들을 향해 박수를 친다.

있는 힘을 다해…

자막 용산고와 결승전 전반, 부산 중앙고는 16점을 뒤졌다.

여전히 울음을 터뜨리고 있는 아이들.

자막 그리고 세 명만 남았던 후반전의 점수 차는… 10점이었다.

– 여전히 울먹이며 관중석에 인사하는 아이들.
인사가 끝난 뒤 벤치로 돌아오는 아이들 중 재윤의 모습에서

자막 허재윤은 졸업과 함께 농구부를 관두고 대학에 진학했다. 하지만 여전히 농구
를 사랑하고 즐기고 있다.

걸어 나오는 아이들 중 붕대를 감은 진욱과 순규, 강호의 모습 위로

자막 정진욱, 홍순규, 정강호는 고교 시절 기량이 급성장해 각각 부산 KT 소닉붐, 서
울 삼성 썬더스와 안양 KGC인삼공사에서 뛰고 있다.

무릎을 절뚝이며 걸어 나오는 규혁을 비추는 화면

자막 발목 부상이 악화된 배규혁은 농구 선수의 꿈을 접었지만, 체육교육과에 진학,
교사가 될 꿈을 다시 꾸고 있다.

걸어 나오는 기범.

자막 협회장기에서 4관왕이 된 천기범은 청소년 대표 팀을 거쳐 현재 서울 삼성 썬
더스 주전 가드로 뛰고 있다.

강 코치의 앞에 선 아이들.

기범   차렷! 인사!

허리 숙여 강 코치에게 인사하는 아이들.
강 코치, 결국 눈물을 흘리고 만다.

자막 강양현 코치는 청소년 국가 대표 감독을 거쳐 현재, 올림픽 정식 종목이 된 3 대
3 국가 대표 감독. 조선대학교 감독으로 재직 중이다.

강 코치, 울며, 활짝 웃으며 아이들을 향해 계속 박수를 쳐주는 모습에서…
FADEOUT
2012년 실제 경기를 뛰었던 중앙고 선수들의 사진 흘러가며 엔딩 크레딧
올라간다.

흐름과 멈춤

스토리와 스틸

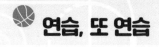

| 27 | 몽타쥬 / 체육관, 학교 | | D/E | O/L |
| | 군산대회를 위해 강도높은 훈련을 하는 강코치와 선수들 | | | 33 cut |

5-1

가파른 학교 후문 계단을 뛰어오르고 있는 선수들.
숨이 턱 끝까지 차오른다.

손뼉을 치며 '빨리 빨리!' 독려하는 강코치.

5-2

-땀 범벅이 되어가는 선수들

6-1

-계단을 오르는 선수들

6-2

-강코치가 중간에 서서 선수들을 코칭하고 있다.

강코치 하체가 안 받쳐주면 농구 안 된다. 왕복 50회
거뜬히 할 때까지 계속 다시 한다! 뭘 때까지 한다!

7

-치열하게 앞다투며 계단을 오르고 있는 기범과 규혁

그 근처 벤치에 널브러져 있는 강호, 순규.

순규   (헉헉대며) 강호야, 원래 농구가 이래 힘드나?

강호   (같이 헉헉) 세상 천지에 만만한 기 없다.. 만만한 기...

그 위로 호루라기 소리. 삑~~.

27	몽타쥬 / 체육관, 학교	D/E	O/L
	군산대회를 위해 강도높은 훈련을 하는 강코치와 선수들		33 cut

28

[27J- 체육관, Day, 2011.04.10.일]

강호, 순규에게 박스 아웃을 연습시키는 강코치.

29

사이드 스텝하는 발.

30

양손 드리블 훈련을 하는 선수들.

31

[27K- 본관 앞, Evening, 2011.04.11.월]

해질녘, 장난을 치며 하교하는 학생들 사이로 다리를 절뚝이며 걸어가는 선수들의 모습 위로.

강코치(소리) 엄살 부리지 마라! 군산대회까지 넉 달도
안 남았어. 그 안에 기초, 체력, 하체 다
잡을라카믄 이 정도 가지고 택도 없다.

32

[27J- 체육관, Day, 2011.04.10.일]

개인 훈련(박스 아웃)을 하는 강호,순규.

33

코트 이쪽에서 저쪽까지 전력 질주하며 왕복달리기를 하는
선수들. 몇 번의 왕복훈련 끝에
'삐~~' 강코치가 호루라기를 불면
일제히 그 자리에 쓰러지듯 뻗는 아이들.

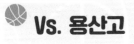

다들 열심히 훈련했고, 느그들 모두 그전의
느그들이 아니다. 할 수 있다. 알았나!

38	월명체육관 [vs 용산고, 몰수패]	DAY	OPEN
	졸전 끝에 몰수패 당하는 중앙고		79+a cut

20-1

공을 들고 센터 서클로 들어서는 심판.

20-2

약고속 21~26 cut

21

중앙고, 용산고 선수들 역시 센터서클 주변에 모여 선다.

22

23

183

38	월명체육관 [vs 용산고, 몰수패]		DAY	OPEN
	졸전 끝에 몰수패 당하는 중앙고			79+a cut

24

서로를 바라보는 선수들의 긴장된 눈빛. 점점 거칠어지는 숨소리.

25

-자리 싸움 하며 신경전을 벌이는 기범과 허훈

26

'삐' 휘슬소리와 함께

27

천장에 설치된 환한 조명 속으로 높이 떠오르는 농구공.

28

농구공을 향해 뛰어오르는 선수들.

| 38 | 월명체육관 [vs 용산고, 몰수패] | DAY | OPEN |
| | 졸전 끝에 몰수패 당하는 중앙고 | | 79+a cut |

29-1

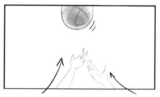

29-2

그중 놀랍게도 가장 높이 도약하는 순규.
그러나 욕심이 과했다.

택도 없는 곳에 헛손질.

상대편 센터 정확히 공을 건드려

30-1

<이후 영상콘티 참고>

자기 팀에 패스.

-자리를 잡으러 움직이는 선수들,
점프볼을 받는용산고 선수,

30-2

용산고 선수들, 전광석화처럼 물 흐르듯 패스, 패스, 패스..

31-1

다시 패스하면

38	월명체육관 [vs 용산고, 몰수패]	DAY	OPEN
	졸전 끝에 몰수패 당하는 중앙고	79+a cut

31-2

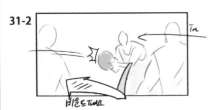

-9번이 공을 받는다.

31-3

드리블을 하는 용산고 9번.

'탕탕탕' 드리블하는 소리와 함께 화면 속도
정상으로 돌아오며 현장음도 서서히 살아나기 시작한다.

31-4

용산고 9번 슛... 레이업 슛, 골인.

32

-백코트 하러 달려가는 용산고 선수들 뒤로
수비하다 당황하는 중앙고 선수들

33

당황해서 수비도 제대로 못하고 당하는 중앙고 아이들 순간
넋을 놓고 있는데..

농구 혼자 하나?

| 78 |  | -강코치를 말리다 얼굴이 눌리는 이선생 |

| 79 | | '찰칵' 스틸되면...
스포츠 신문 한쪽을 차지하고 있는 사진과 기사. |

어떻노? 일대일로 한판 할까?

3-1 	맞은편에는 두 명의 신입생이 서 있다.
3-2 	조금은 경직돼 있는 진지한 얼굴의 허재윤과 어딘지 낯이 익은 신입생은... 씬41의 학생, 정진욱이다.

미래의 마이클 조던!

3   -보드판 내용을 설명하는 강코치

4		-열심히 듣는 선수들

10
만족스러운 얼굴로 서로에게 다가가며 얼떨결에 하이파이브를 하려다가...

어색해져서 다시 스쳐 지나간다.

6

그런 재윤에게 슛 동작을 가르쳐 주는 기범.

7-1

7-2

기범에게 배운 슛 동작으로 슛을 쏘는 재윤....

	60	몽타쥬 [치악체육관 앞, 체육관]	DAY	OPEN
		대형버스들이 도착하고, 그 사이로 보이는 다마스 차량 장기대회 개막식. 도열한 중앙고 선수들,		24 cut

17

-다른 학교에 비해 숫자가 적은 중앙고의 부감 컷

18

농구 선수들 대오 제일 앞,

19

유니폼에 새겨진 '용산고등학교' 여섯 글자.
체육관 안 그 어떤 고등학교 선수들보다 당당하고 멋지다.

그들 중 준영의 모습이 보인다.

20

21

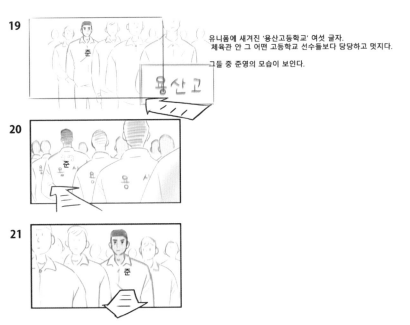

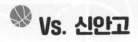
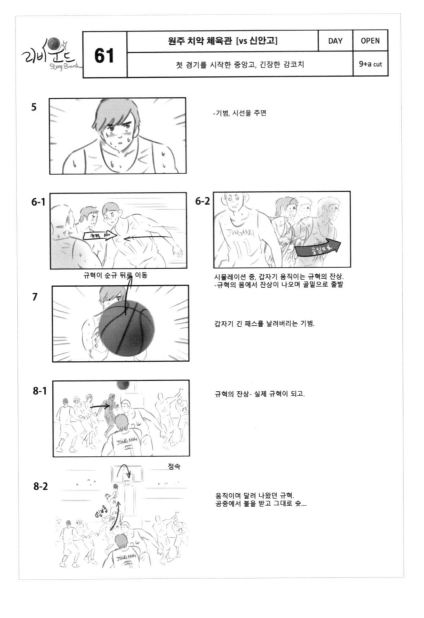

| 리바운드 Story Board | **61** | 원주 치악 체육관 [vs 신안고] | DAY | OPEN |
| | | 첫 경기를 시작한 중앙고, 긴장한 강코치 | | 9+a cut |

5

-기범, 시선을 주면

6-1

규혁이 순규 뒤로 이동

6-2

시뮬레이션 중, 갑자기 움직이는 규혁의 잔상.
-규혁의 몸에서 잔상이 나오며 골밑으로 출발

7

갑자기 긴 패스를 날려버리는 기범.

8-1

규혁의 잔상- 실제 규혁이 되고.

8-2

정속

움직이며 달려 나왔던 규혁.
공중에서 볼을 받고 그대로 슛....

2

<골대 옆>

'삐이!' 심판의 휘슬 소리의 여운이 이어지는 가운데 모여드는 중앙고 선수들 사이 코트에 쓰러진 채 일어나지 못하는 선수,

	중앙고 벤치
진욱 부상	
	제물포 벤치

3

바로 진욱이다.

구급요원 발 Fr.i

4

-진욱에게 다가오는 중앙고 선수들 너머 강코치

여기 니 말고 누가 더 있나?

24-1

진욱   40점!

피식 웃고 코트로 가는 기범과 선수들.

24-2

기범   (박수를 치며) 끝까지 달리보자!!

24-3

울컥한 눈빛으로 형들을 바라보는 진욱.

1

'이기 꿈이가 생시가!' 서로를 부둥켜안고 감격스러워하는 중앙고 선수들과 강코치.

-강코치가 기범과 규혁을 껴 안고, 뒤에는 재윤이 강호와 순규를 부축하고 있다

생각지도 않았던 허재윤이 터지기 시작하니까 안양고 흔들리고 있어요.
이렇게 되면 이 경기 알 수가 없습니다!

91	원주 치악 체육관 [vs 안양고]	DAY	OPEN
	3점 숫을 성공시키는 재윤, 결승에 진출하는 중앙고		45+a cut

고속 1~10 cut

1

-슛을 쏜 직후의 재윤 얼굴

2
재윤의 손끝을 떠나 느린 속도로 공중을 가르는 공.

3

공의 궤적을 따라가는 강코치와 선수들.

4

-림을 향해 가는 공

5

-지켜보는 이선생과 벤치에서 일어서는 진욱

진

이선생

	91	**원주 치악 체육관 [vs 안양고]**	**DAY**	**OPEN**
		3점 슛을 성공시키는 재윤, 결승에 진출하는 중앙고		45+a cut

6

-공의 궤적을 따라 보는 기범과

7

규혁

8

-착지하기 직전, 공을 보는 재윤의 얼굴

9

그리고... 천천히 아주 천천히 철렁하는 그물.

10

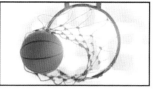

중계) 끝입니다!

	100	중앙고 선수대기실	DAY	OPEN
		리바운드의 중요성을 일깨워주는 강코치, 벽차오르는 선수들		21 cut

1

온몸을 파스와 압박붕대에 뒤덮인 채 탈진한 듯
의자에 널브러져 앉아있는 아이들.
그들을 안타까운 듯 둘러보는 진욱.

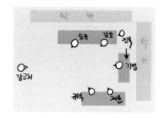

2-1

2-2

3

강코치 그런 선수들을 바라보다가

강코치 16점 뒤졌다. 다들 서 있기도 힘들제?

4

대답할 기운조차 없는 선수들..
그저 지친 눈으로 양현을 볼 뿐이다

	100	중앙고 선수대기실	DAY	OPEN
		리바운드의 중요성을 일깨워주는 강코치, 벽차오르는 선수들		21 cut

5

강코치　우리는 진다...

6

힘없는 눈으로 양현을 보는 선수들.

강코치　상대 팀은 말할 것도 없고, 밖에 있는 모든 사람들도,
　　　　심지어는 우리조차도 우리가 진다고 생각하고 있다.

7

-강코치의 이야기를 듣는 선수들,

8

9

패배감과 좌절감이 가득한 실내.

강코치　농구하다 보면 슛 쏴도 안 들어갈 때가 있다.

		중앙고 선수대기실	DAY	OPEN
100		리바운드의 중요성을 일깨워주는 강코치, 벅차오르는 선수들		21 cut

10

강코치 근데 그 순간, 노력에 따라 다시 기회가 생긴다.
그게 뭐꼬?

11

순규   ...리바운드

12

강코치 맞다. 리바운드다.
슛을 수십 번 쌌서 안 들어가면,
그만큼 수십 번 리바운드 기회가 오는 기다.

13

자신만을 바라보는 아이들을 보는 강코치
점차 호흡이 가다듬어지며 강코치의 말에 집중하는 아이들.

강코치 선수 생활 실패하고 모교에 코치로 와서 제대로
이기는 방법도 모르면서 느그들을 내몰았다.

14

강코치 왜.. 겁났으니까..

221

100	중앙고 선수대기실	DAY	OPEN
	리바운드의 중요성을 일깨워주는 강코치, 벅차오르는 선수들		21 cut

15

강코치 잘못하면 우짜지? 짤리면 우짜지..

16

강코치 그래서 실패를 했다.
근데 그건.. 진짜 실패가 아니더라.

강코치를 바라보는 아이들의 눈빛.

17

강코치 결국 지금, 전국대회 결승전, 선수대기실에
느그랑 같이 있을 수 있던 건 그 가짜 실패
덕분이었다.

18

강코치 어떻게든 리바운드를 잡아낸 기다.
그건 내 혼자 잡은 게 아이다.
느그들이 리바운드를 잡아서 내한테 준 기다.

19

강코치 느그들이 잡아서 서로 서로한테 공을 준 기다.

222

	100	**중앙고 선수대기실**	DAY	OPEN
		리바운드의 중요성을 일깨워주는 강코치, 벽차오르는 선수들		**21 cut**

20

벽차오르는 아이들.

21

강코치   다시 해보라고.. 다시 던져 보라고..

용산고와 결승전 전반, 부산 중앙고는 16점을 뒤졌다.
그리고 세 명만 남았던 후반전의 점수 차는··· 10점이었다.

눈과 귀

명장면과 명대사

그래? 그라믄 한번 해보지 뭐.
대강 구색 맞춰서.

니 내랑 놀자.
길거리에서 아들하고 놀지 말고
정식 유니폼 입고 코트에서 놀잔 말이다.

233

우리… 같이 한번 커보자.
나도 크고 니도 크고.

그냥…농구…하는 기 좋아요.
이기든 지든 애들하고
막 땀 흘리면서 신나게 뛰는 기…좋습니다.
앞으로도 평생 이래 재밌는 거
신나게… 재밌게 하고 싶….

인제부터 저 혼자 열심히 안 할랍니다.
같이할 낍니다. 애들하고.

니 눈빛 하나에,
니 손짓 하나에,
니 지시 하나에,
모든 걸 믿고 따르는 기···
같은 팀 동료들이다.

공격도 같이 수비도 같이.
상대 팀보다 한 발 더 뛰고 한 번 더 점프해야 한다.
우리 팀 누가 뚫리건 누가 패스를 못 받건
다 함께 그 실수를 메꿔줘야 되는 기다.

잠깐들 와봐라.
진욱이도 같이 뛰는 거다
(…)
진욱이 보고 있다. 실망시키지 말자.

내 인생 마지막… 은퇴 경기…
꼭 이기고 싶다.

"농구하다 보면 슛 쏴도
안 들어갈 때가 있다.
근데 그 순간, 노력에 따라
다시 기회가 생긴다. 그게 뭐꼬?"
"리바운드."

재들이 지쳤건, 교체 멤버가 없건, 무명이건

그래도 전국 강호들을 물리치고 결승까지 온 애들이야.

한순간도 방심해선 안 돼. 그게 농구야.

그리고 그게 상대 팀에 대한 예의라는 거다. 알겠어?

느그들이 앞으로 농구를 하면서 먹고살든,
다른 일을 하든 겁먹지 말고
달려들어서 다시 잡아내라.
명심해라. 농구는 끝나도…
인생은 계속된다.

WE ARE YOUNG

안과 밖

영화 밖의 장면과 뒷이야기

부산 중앙고등학교의 선수는 6명이 아니라 7명이었다.
엔트리 등록 때문에 1명을 더 등록해놓은 것인데,
일반 학생이었고 벤치에도 앉지 않았다.

정진욱의 마이클 조던 기믹은 의상팀의 아이디어였다.
초보자는 장비에 집착하는 경우가 많으므로
진욱에게 헤어밴드, 불스 농구 유니폼 등을
착용하게 하자는 아이디어를 냈다.

우연히 심판의 얼굴에 공을 맞춘다고 몰수패가 되지는 않는다.
일반적으로 선수만 퇴장당한다.

원래 감독님이 추천한 엔딩 음악은 닐 다이아몬드의 〈I am… I Sad〉였다.

부산 중앙고 농구팀은 연습할 상대가 없어
의자와 라바콘 같은 것을 두고 연습했다.
그리고 "귀신이 있다고 생각하라"라는 지시를 들었다.

몰수게임 전에 강 코치가 한준영 위주로 연습시키고
아이들을 몰아붙이는 장면은 원래 시나리오에는 없었다.
강 코치의 변화를 보여주려고 나중에 삽입했다.

"이 없으면 잇몸으로 하는 거야.
스포츠는 이겨야지. 지러 온 거 아니다.
진욱이는 진욱이 나름대로 열심히 하다가
다친 것이기 때문에 신경 쓰지 말고
다음 경기할 때 진욱이를 위해서 테이핑에
이름을 쓰고 우리가 마음을 다지면서 나가자.
나도 가슴속에 진욱이를 항상 새길 테니까
너희들도 테이핑에 이름을 써라."

— 강양현 코치가 실제로 한 말

크레딧:
영화를 만든 사람들

제공	㈜넥슨코리아
공동제작/배급	㈜바른손이앤에이
제작	㈜비에이엔터테인먼트 워크하우스컴퍼니㈜
제작투자	이정헌
공동투자	박진홍
투자총괄	염홍원
투자책임	이승호 남덕현 김지수
기획	박태준(P.G.K)
제작	장원석(P.G.K) 김영훈 하정우
감독/각색	장항준
각본	권성휘 김은희
프로듀서	박윤호
촬영	문용군 강주신
조명	박지성 (라이트리액션)
미술	이미경
녹음	손용익 (K.P.A)
키그립	박범준 (그립아일랜드)
의상	최미연
분장	신은영
소품	임호상
무술	박영식
특수효과	홍장표 (이펙트 스톰)
특수분장	송종희 (미모스)
편집	허선미 지형진 (PARAN)
음악	강네네
사운드	공태원 (Plus Gain)
시각효과	윤재훈 (Alice Fx)
디지털 색보정	오태연 (씨네메이트)
세트	김정현 (킴스드림)
조감독	송동규
제작실장	이종명

I CAST I

강코치	안재홍
천기범	이신영
배규혁	정진운
홍순규	김 택
정강호	정건주
허재윤	김 민
정진욱	안지호
이선생	이준혁
교장	서영삼

교감	김진수
한준영	이대희
더벅머리	김회진
빡빡머리	홍성표
규혁 모	김수진
교장 사모	강애심
기범 부	민무제
기범 모	최정윤
선생1	배성일
선생2	강신철
선생3	유인혜
선생4	송창규
임호중 농구부 코치	이상원
순경	이태영
월명 심판	백도겸
학부모1 (더벅아빠)	오현수
학부모2 (더벅엄마)	서자영
학부모3 (빡빡엄마)	정서인
의사	전 영
중학생 선수2 엄마	윤인조
중앙고 선수1	김용현
중앙고 선수2	조준기
(전학생)아이	양한열
수비수	이준경
린치 학생1	강현오
린치 학생2	임대규
린치 학생3	전윤수
과거 아나운서	송예슬
군산대회 중계	김희상
군산대회 해설	변진수
앵커	김원경
동문회장	유순용
동문	박경관
재윤 부	배진완
재윤 모	김태윤
기자	장준혁
구급요원	정승원
관계자	하영준
넥타이 아저씨1	김정한
넥타이 아저씨2	이진혁
순경2	박태순
고깃집 사장	강양현
수영만 구경꾼	배규혁
럭비팀 코치	홍순규
관객1	허재윤
관객2	정강호
중학교 자료사진	정진욱
순규 부	박시환
순규 모	선미진
강호 부	이남우
강호 모	김방선
진욱 부	이형석

진욱 모	이은주
호프집 사장	김종은
중앙고 학생	김영훈
어린 기범	고희도
어린 규혁	김중훈
용산고 트레이너1	노 경
용산고 트레이너2	유인혁
용산고 9번	이석민
용산고 7번	정윤호
용산고 11번	고준호
용산고 12번	유효수
용산고 13번	최관우
용산고 14번	유현우
용산고 22번	한주희
용산고 30번	백재민
안양고 코치	이순원
안양고 트레이너	성도현
안양고 8번	정대경
안양고 9번	김동현
안양고 7번	이준서
안양고 12번	장우녕
안양고 10번	김두경
안양고 32번	임학섭
중학생 선수2/안양고 13번 선수	용태두
광산고 코치	김서원
광산고 트레이너	박한샘
광산고 4번	김 환
광산고 5번	김병준
광산고 6번	곽동혁
광산고 7번	박중건
광산고 10번	조혜민
광산고 11번	최재우
광산고 22번	유장석
한성부고 코치	강 연
한성부고 트레이너	조윤담
한성부고 6번	장동익
한성부고 7번	문동호
한성부고 11번	김준형
한성부고 14번	전이수
한성부고 23번	도 형
천기범 대역/한성부고 선수	전현기
재물포고 코치	현진호
재물포고 트레이너	이진한
재물포고 7번	김원식
재물포고 9번	백승연
재물포고 10번	홍성우
재물포고 12번	조형민
재물포고 14번	차충훈
재물포고 33번	강동균
신안고 코치	안정빈

신안고 트레이너	한대훈
중학생 선수1/신안고 1번 선수	이한엽
신안고 6번	나현우
신안고 7번	박건우
신안고 22번	이석영
신안고 10번	박지한
심판	김청수 김동하 임진수 이경환
	조장환 정지훈 황현우
럭비팀(부산체고)	
감독	전준영
코치	김종수 장준영
3학년	심재윤 김경민 박형진 홍민혁 서영준
	이준서 견동혁 이현준 최준용
2학년	오동호 정재민 김정우 하 늘 제상완
	김두현 문화재 심현석
1학년	최민준 김현진 배동륜 유다경 변유관
	고성준 이상준 전수형 김민찬 김찬경 손재영
고적대(애드라인)	
드럼메이저	조효영
트럼펫	김진희 서민구 심민주
트롬본	이상빈
호른	곽준호 박수빈
색소폰	백건우 정재윤 이현진 이명우
클라리넷	임효진
피콜로	안가연
플룻	김미은 이가은
유포늄	김은수
튜바	김현찬
타악기	김영훈 오영은 장지혜 조영진

[특별출연]

용산고 코치	장현성
50대 남자	박상면
협회장기 중계	박재민
협회장기 해설	조현일

| STAFF |

[제작]

제작부장	김병현 박하람
재작부	표상목 손용운 김현욱 허유림
제작회계	손수정
제작지원	권성환 김가은 김민수 김보성 노회현
	박성호 박한건 이예찬 이형구 정능규
	정재연 진우혁 최혜인 한대훈

[연출]

연출부	이상록 최원석 정아원 이유정
스크립터	김헌주
연출지원	조석준 김종근
스토리보드	이규희
현장편집	김재석

[촬영]		[의상]	
촬영팀	박한별 김우상 장호민 김진혁	의상팀장	박정미
	최민준 박준우 김선빈	의상팀	황지은 황지우
소스촬영	서동기	의상지원	김서희 최보현 황지수
		농구의상자문	배성민
[그립]		의상탑차	강종원 장임호(MOVIE LINE)
그립팀장	김경현		
그립팀	김훈희 최은규	[분장]	
그립지원	김창회 정순필 김건우	분장팀장	곽슬기
	이정현 안준호 김진우	헤어팀장	전세나
		분장팀	신소용
[특수촬영]		분장지원	최민선
항공촬영	드론웍스 (드론촬영&RC CAR)	헤어협찬	정샘뮤이스트 (정소영 부원장님)
Technical Manager	김승호		
Pilot	김영환 황기원 이도규	[특수효과]	
Gimbal Operator	신혜주 고 근	특수효과	홍장표 (이펙트 스톰)
항공촬영 2팀	배서호 크레이지캠 (Crazy CAM)	특수효과 실장	이지훈
초고속 촬영	최상린 박정하 ㈜엘바라	특수효과 팀장	김태민
		특수효과 팀원	이용준 박요한
[D.I.T]		특수효과 부장	박주연
Digital Image Technition	비온뒤에스 (Beyond S.)		
D.I.T Technical Supervisor	강지원	[특수분장]	
Data Manager	양현아	특수분장	송종희
Executive Producer	김태완	특수분장 팀장	장주은
[조명]		[자문 및 교육]	
조명팀	김종은 김세라 이재현 서규원 송재환	농구 총괄자문	강양현
	한승희 김영훈	농구 트레이닝	장우녕 김준형
조명지원	김동균 김현주 서재민 최비아	사투리 자문 및 교육	박경관 이진혁
발전차	배영철		
추가발전차	오정호	[편집]	
조명크레인	오정우	B 편집	조한율
		편집 어시스턴트	강현서
[미술]			
미술팀	이수빈 위현진 박지현	[음악]	
미술지원	유리나 박정훈	Composed, Arranged,	
		Orchestrated by	강네네
[소품]		Synth	강네네
소품팀장	한정우	Piano & Keyboards	강네네
소품팀	이화용	String Team	잼스트링
소품지원	권오현 이예진	1st Violin	배신희 이주혜 심민진
		2nd Violin	서지온 한규현
[세트]		Viola	서예슬 박선주
세트제작	㈜킴스드림 KIM'S DREAM	Cello	박건우
세트팀	김형직 윤서준 이희철 이경영 안홍국	Saxophone	루카스
	김국현 정태찬 강민승	Trumpet	유나팔
작화팀	최윤석	Trombone	서 울
세트제작 운영팀	김정현 김현승	Guitar	안규호
		Recorded & Mixed by	김희재
[녹음]		Recording Studio	CS Music&
붐 오퍼레이터	권영우		
붐어시스턴트	박지연	[시각효과]	
녹음지원	최지영	Visual Effects by	엘리스 에프엑스
녹음장비	지우소리 / JWS.ound	Visual Effect Supervisor	윤재훈
		Visual Effects Producer	고범석